最強Fランク冒険者の気ままな辺境生活？ 2

A L P H A L I G H T

紅月シン
Shin Kouduki

アルファライト文庫

Main Characters
主な登場人物
ジェローム
医者と共謀して
セリアを騙した冒険者。
ロイ
Fランクの新人冒険者。
規格外の実力を
持っているのに
まるで無自覚な困り者。
セリア
ルーメンの街にある
小さな宿屋の娘。

リュゼ
運び屋を営む冒険者。リュカの双子の姉。
リュカ
運び屋を営む冒険者。リュゼの双子の弟。
グレン
『紅蓮の獅子』というパーティーを率いるAランク冒険者。
フルール
『紅蓮の獅子』の一員。自称「下っ端」だがれっきとしたAランク冒険者。

プロローグ

うららかな陽気の空の下を、一台の馬車が走っていた。

だが心地よい天気と比べると、その雰囲気は非常に物々しい。

二人の犯罪者を冒険者ギルドの本部へと移送している真っ最中なのだから、当然と言えば当然だ。

旅客を乗せる馬車ではないので、内装は非常に簡素、あるいは劣悪とも言える。

寝そべりながら移送されている犯罪者の一人――冒険者風の鋭い目つきの男が、ふと溜息を吐き出した。

「俺達が捕まってから、今日で十日だったか？　やれやれ……まさかこんなことになるとはなぁ」

これに応えたのは、白衣を纏った男。冒険者風の男と一緒に捕縛された医者だ。彼も同意を示しながら溜息を吐く。

「まったくですな」

二人共健康そうではあったが、その姿は痛々しい。逃げ出せないように縄で両手両足をがっしり縛り上げられている。

もっとも、犯罪者である二人に同情する余地はまったくないのだが。

心労からか、医者は多少頬がやつれてきているものの、冒険者の男は依然活力に満ちている。さすが冒険者と言うべきか、気楽な様子で話を続ける。

「そういや、向こうに着いたら、〝計画〟のことを全部話すのか？」

「……それしかないでしょうな。拷問されて隠し切れるとは思えませんし……正直、あの女にそこまで尽くす義理もありませんからな。むしろ積極的に喋って、少しでも心証をよくした方がいいかもしれません」

「そうか……ま、しゃーねえな」

仲間を庇うつもりはないと薄情に宣言した医者の言葉に、冒険者風の男は気分を悪くするでもなく、やはり気楽に応える。

冒険者の男が怒り出したり不機嫌になったりしなかったので、医者は密かに安堵の息を吐く。

「ええ、仕方――えっ？」

しかし、そこで初めて気付いた。

自分の胸を、何かが貫いていることに。

それは……いつの間にか縄を外していた、冒険者の男の左腕だった。

医者は口から血を垂らしながら驚愕の表情を浮かべる。

「な、ぜ――」

「何故も何もねえよ。言っただろ？ しゃーねえなってよ」

その言葉と同時に、冒険者の右腕が振り抜かれた。

刎ね飛ばされた医者の頭が、馬車の外へと転がっていく。

「っ、な、なんだ……!?」

「何かが飛び出してきたぞ……!?」

「これは……頭!?」

「一体、何が……!?」

馬車の周囲で警戒していた護衛達が騒ぎ出す中、冒険者の男は口元に笑みを浮かべると、ゆっくりと立ち上がった。

その足の縄もまた、いつの間にか外されている。

「さて、外に居んのは完全武装のBランクの冒険者六人で、こっちは武器も防具もなし、か。それにしたってハンデがまったく足りてねえが……ま、せいぜいテメエらの運の悪さを嘆きながら、死ぬんだな」

男がそんな言葉を呟いた僅か一分後、馬車の周囲は血の海と化していた。

バケツの中身をぶちまけたように血が溢れ、所々に〝人であったもの〟の名残が散らばっている。

腹を空かせた獣が好き勝手に暴れたとしてもここまではなるまい。

元は何人の人間が居たのか分からないほどにグチャグチャのバラバラになっている様を、男は顔色一つ変えず眺める。

「思ったよりも時間がかかった上に、原形が残ってやがんな……ちっ、まだ本調子とはいかねえってことか。ま、徐々に慣らしてきゃいいだろ」

冒険者の男は一つ舌打ちすると、轍の残る道を振り返って、楽しそうに口の端を吊り上げた。

「さあて……まさかあんな〝化け物〟がルーメンの街にいるなんて思っちゃいなかったから油断したが、次はああはいかないぜ？　ま、俺がやる前に誰かに殺されている可能性も……いや、それはねえか」

男は首を横に振って自らの言葉を否定する。

おそらく、予定していたほどの混乱は起こってはいないはずだ。

少なくとも、彼が知っている範囲においては、アレが死ぬことはあるまい。

「街に化け物が放されるって話だったが、あんな本物の化け物がいるんじゃ、どうしようもねえだろうしな。ま、〝祭り〟の本番には間に合いそうだ」

捕まるのは予想外だったものの、男にとってはある意味僥倖だった。あっさりルーメンから離れられたおかげで、こうして力の封印を解くことが出来たのだから。

「予想してなかったせいでここまで手間どっちまったが……ま、いいだろ」

祭りを本気で楽しめるのならば、多少のイレギュラーなど問題ない。

「祭りは近いぜ？　しっかり楽しめよな。俺も存分に楽しませてもらうからよ」

一人そう宣言しながら、男はその口元に獰猛な獣じみた笑みを浮かべるのであった。

第一章　運び屋と影を食らうモノ

ふと、誰かに呼ばれたような気がして、新人冒険者のロイは窓の外へと視線を向けた。

とはいえ、当然その先には誰の姿もない。ただ青い空が広がっているだけだ。

気のせいかと首を傾げ、ロイはテーブルに置かれた料理に意識を戻した。

その直後、背後から声がかかる。

「ロイさん……？　どうかしましたか？」

反射的に声のした方向へと振り向くと、不思議そうに首を傾げる一人の少女の姿があった。

桃色の長いストレートヘアに垂れ目がちの美少女――今ロイが宿泊している宿の看板娘であるセリアだ。

見られていたのかと、ロイは照れ隠しに苦笑する。

彼が今いるのは、世話になっている宿の食堂だ。

朝早いため他に客の姿はなく、食事をしているのはロイ一人のみ。そんな状況で不意に窓の外を気にしはじめたら、変に思われても仕方がない。

全く理由がないわけではなかったが、それを正直に話せば、セリアを不安にさせてしまうかもしれない。

ロイは無難(ぶなん)な話題でその場を取(と)り繕(つくろ)う。

「いや、今日はこれからどうしようかと思ってさ。まだ駆(か)け出しのFランクとはいえ、僕も冒険者なんだから、普通に考えれば冒険者ギルドに行くべきなんだろうけど……」

「そういえば、今は少しゴタついているんでしたっけ？　詳(くわ)しくは知らないのですが……」

「うん。まあ、ギルドがゴタつくのは別に珍(めずら)しいことじゃないんだけど、今回は少し特別らしくてね。色々あって、僕がこの街に来てからずっとお世話になっていた受付の職員さんも辞(や)めちゃったみたいで……」

「受付の人が、ですか……？　それは確かに大変そうですね。冒険者ギルドの受付は花形ですから、簡単にはなれないそうですし」

「だね。だから、新しく人を補充(ほじゅう)するにも少し時間がかかるかもしれないって言ってたよ。で、今は人手不足にもなって余計に大変だとか」

ロイが冒険者ギルドの支部長から直接聞いた話だが、さすがにそこは口にしなかった。

普通に考えれば、冒険者として最底辺であるFランクの冒険者は、支部長から直々に現状の説明を受けたりしない。

そんなことが起こったのは、今生じているギルドのゴタゴタの一端にロイが関わっていたからである。

何かと面倒を見てくれる先輩冒険者グレンの仲間である魔導士――アニエスと、件の冒険者ギルドの受付職員の女性にロイが襲われたのだ。

バカ正直にそんな話をしたら、セリアはきっと心配するだろう。

それはロイの本意ではなかった。

「まあ、Aランクのグレンさん達くらいになれば、あまり関係ないのかもしれないけどね。ギルドがどんな状況にあったところで、最優先で対応してくれるはずだし」

そう言いながら、ロイはふと、そういえばグレン達は今どうしているのかと思った。

ロイは彼らの仲間に襲われたわけだが、それに対して思うところは特にない。

グレンの命令ではなさそうだし、ロイは怪我一つ負わなかった。むしろ、ロイの方が若干の申し訳なさを感じる。

アニエスを捕らえてしまったせいで、グレンのパーティーからは魔導士が一人いなくなったのだし、関係者としてギルドからお咎めがあるかもしれない。

冒険者同士のいざこざなど珍しいことではないし、それに関しては互いの自己責任である。

だが、アニエスは冒険者ギルドの職員と手を組んでいた。冒険者ギルドとしては見過ごせないだろう。

それに、基本的にパーティーメンバーは一蓮托生。いくらAランクの冒険者であろうとも、何らかの罰を受ける可能性はある。

世話になっているグレンはもちろん、彼と同じパーティーのフルールとは一緒に依頼をこなした仲だ。

そんな彼らに迷惑をかけたのではないかと、ロイは心配していた。

「んー……まあでも、とりあえずはギルドに行ってみようかな。まずは足を運んでみないと、今どんな状況か分からないしね」

ギルドの様子を見るというのは半分建前で、グレン達の状況も見てみようと思ったのが正直なところである。

もし彼らがお咎めを受けていたとしても、ロイに出来ることなどは何もないだろうが……それでも、知らんぷりを決め込むわけにはいかない。

「……そうですか、お昼はどうしますか？」

「そうだね……用意しておいてもらえると助かるかな？　今日は様子見のつもりだし、もし手頃な依頼があってそれを受けることにしたところで、Ｆランクの僕がありつける依頼なんて、時間がかかるようなものじゃないだろうしね」

「……分かりました。無用な心配だとは思いますが、お気をつけて」

神妙な顔を見せるセリアに、ロイは笑って応える。

「大丈夫、実際、危険なことなんてそうそうないように配慮されているし」

そうでなければ、上のランクに上がる冒険者がいなくなってしまう。

冒険者ギルドにとって、Ｄランク以下の冒険者はさして重要ではない。極論すれば、いてもいなくても構わないくらいだ。

それでも、本当にいなくなってしまっては、将来のＣランク、Ｂランク冒険者が育たないので困る。

先細りにならないよう、その辺のことはしっかり考えられているはずであった。

「前にセリアから受けたアモールの花の採取依頼も問題なかったしね。まあ……あれはギルドを介していなかったけど」

「………そういえばそうでしたね。ですが、本当に何があるか分かりませんから」

現在の状況が不安なのか、セリアは大袈裟なまでに念を押す。

「確かに。まあ、所詮僕はＦランクの冒険者でしかないわけだしね。油断は禁物か。ありがとう、セリア。気をつけるよ」

「……いえ」

微妙な反応をするセリアに首を傾げながら、ロイは朝食の最後の一口を口に運び、この後どうするかを考えるのであった。

冒険者ギルドに到着したロイは、眼前の光景を眺めて思わず目を細めた。

ギルドの中は、相変わらずたくさんの冒険者で賑わっている。

朝は新規の依頼受注のために人が集まる傾向があるので、人が多くて当然だったが、問題は彼らのいる場所だ。

依頼書を見ているわけでもなければ、新しく貼り出されるのを待つのでもなく、大半がギルドに併設されている酒場で朝っぱらから酒盛りをしているのであった。

世間での冒険者のイメージは〝こんな感じ〟で通っているし、ロイも最初はそう思っていたのだが、実際にはこういった光景は珍しい。

少なくともロイは初めて見る。もっとも、夜になれば酒盛りを始めるので、大差ないと言えるのかもしれないけれど……

とはいえ、今までとは状況が違っている以上、何かがあったのは間違いない。

そしてその理由は、すぐに判明した。

「……なるほど、依頼が完全に止まっちゃってるのか」

受付にいた何組かの冒険者パーティーの話が漏れ聞こえてきたところによると、現状完全にギルドは依頼の仲介を停止しているらしい。

ギルド側は〝諸事情によって〟と曖昧な表現で誤魔化しているが……

「完全にこの間のことが原因だよねえ……」

ロイがアニエスとギルドの受付職員に襲われた一件は、それだけで終わりではない。アニエスはヴィーヴルと呼ばれる竜種の魔物が持つ膨大な魔力を使って、ルーメンの街に何か良からぬことをしようとしていた節がある。

事情聴取された際に、協力者というか、他にも同じような目的で動いている人達がいるかもしれないという情報は伝えてあるので、ギルドはそれを重く受け止めたのだろう。

一旦ギルドの機能を止めてまで、調査を優先したらしい。

冒険者達が朝っぱらから酒盛りをしているのも、きっとそのせいだ。依頼を受けられないなら、酒でも飲んで時間を潰すしかない。

他に出来る仕事を探すほど、冒険者達は真面目ではないのだ。

とはいえ、ロイは彼らと一緒に酒を飲む気にはなれなかった。

「そもそも、今日は依頼を受けられないだろうと思っていたしね……ちょっと予想以上の状況ではあったけど」

しかしこうなってくると、グレン達はどうなっているのかますます気掛かりになる。ロイは彼らの姿を求めて酒場を見回す。

しかし、見知った姿を見つけることは出来なかった。

少なくとも、この場にはいないようだ。

まあ、冒険者が依頼を受けるのに、必ずしもギルドを介さなければならないというわけではない。

以前ロイがセリアから受けたように、依頼人から直接依頼を受ける方法もある。

大半の冒険者はそのための信頼と実績が足りてはいないので伝手がないが、Ａランクという、実質的に最高峰のランクを与えられているグレン達であれば十分だ。既にどこかから直接依頼を受けているのかもしれない。

などと考えていると……

「――なんだ、もう来てやがったのか」

噂をすれば影、とでも言うべきか。

そのグレンがちょうどギルドにやってきたところだった。

鍛え抜かれた身体に逆立った赤髪、見るからに強面な風貌は、彼がAランク冒険者だと知らなくても圧倒されてしまう。グレンはそんな雰囲気の男だ。

しかし、ロイは〝はて〟と首を傾げる。

先ほどの言葉は、まるでロイを捜していたかのようだったからだ。

「あ、おはようございます、グレンさん。えっと……もしかして、僕に何か用だったりしますか？」

「もしかしてもクソも、テメエ見ながら言ってんだから、それ以外ねえだろうが」

「……確かに」

頷きながらも、ロイが小さく溜息を吐き出したのは、やはりアニエスの件で言いたいことがあるのだろうと思ったからだ。

ギルドの支部長から口止めされているといっても、さすがにパーティーメンバーにまで知らぬ存ぜぬで通せるはずがない。

それに、もしグレン達にもお咎めがあるなら、なおさらだ。

ロイはジッと次の言葉を待つ。しかし、グレンが口にした台詞は、ロイの予想とは異なるものであった。

「……迷惑かけちまったみてえだな」

そう言って、グレンは僅かに視線を逸らす。

「え……？」

「アニエスのことだ。パーティーのリーダーだから、一応アイツが何をやらかしたのかは聞いてる」

グレンから謝られるのは全くの予想外だったため、ロイは数度の瞬きを繰り返す。

「えっと……謝らなくちゃならないのは、僕の方だと思っていたんですが」

「あ？　何でテメエが謝んだよ？」

「いえ……なんか、思っていた以上に大事になっちゃって……グレンさん達にも迷惑かけちゃったかな、と」

ロイがそう告げた言葉がよほど見当違いだったのか、グレンは僅かに目を細め、大袈裟なまでに大きな溜息を吐き出した。

「テメエ、相変わらず何も理解しちゃいねえんだな。ま、新人冒険者なんてそんなもんっちゃあそんなもんだろうが」

「えっと……すみません」

「だから謝る必要はねえっつってんだろ。冒険者になったばかりのやつがアホみたいなことを言い出すのはいつものこった。いちいち気にしてられっかよ」

ヘコヘコ謝るロイに顔をしかめてはいるものの、グレンが気にしていないというのは本心のようだ。

「そもそも、テメエは色々勘違いしてやがる」

　そう言って、グレンはつまらなそうに鼻を鳴らす。

「勘違い、ですか？」

「確かに、俺達はある意味テメエのせいで迷惑をかけられた。俺達は冒険者だからな、究極的には他人がどうなっても知ったこっちゃねえ。一番大切なのは自分達だ。俺達にとっては、パーティーからAランクの魔導士が一人減ったって事実があるだけなんだよ。ま、それがどれほどの損失かなんて、テメエにはきっと分からねえだろうな。アニエスはあれでかなり多才だったから、その穴埋めをすんのは大変なんてレベルじゃねえし……いや、もう無理かもしれねえ」

　Aランクの魔導士が希少だということは一般的な事実なのでロイにも分かる。しかし、その魔法が具体的にどのくらい役に立ち、それが失われた結果どうなるかなど、パーテ

イーとして活動した経験や知識の乏しいロイには想像のしようがない。

　だが……と、グレンは続ける。

「それをテメエのせいにするほど、俺達は落ちぶれちゃいねえよ。俺は別に、誰かに迷惑をかけんなとかは言わねえ。俺達だって清廉潔白の身だなんて口が裂けても言えねえし、他人に汚いことをやんなとか言える立場でもねえからな。ここに来るまでの間に、んなことは腐るほどやってきた。だが、今回のことはアニエスがテメエ相手にヘマをやらかしたのが原因なわけだからな。全てはアイツが悪いし、こうなったのも自業自得だ」

　遠回しで若干分かりづらい言い方ではあったが、要するにグレンは、気にする必要はないと言っているらしい。

「そんで、俺達はアイツとパーティーを組んでいたわけだ。アイツがヘタこいたんなら、それは俺達の責任でもある。だから、さっきテメエにああ言った。それがパーティーを組むってことだ。よく覚えとけよ、新人」

　グレンなりに気を遣っているようだが、少なくとも態度はいつも通り、横柄なままだ。

「……はい。ありがとうございます」

「ふんっ……とは言っても、パーティーの他のやつらにはまだ何も話してねえんだがな」

「え、そうなんですか?」

「とりあえずは俺が支部長に話をされただけだからな。アイツが何をしてたのか、何をしようとしていたのかはまだ分からねえことも多い。だから、ひとまず俺で留めとけ、だとよ。ま、疑われてるんだろうな。Aランクだからって無条件で信じるほど、ギルドのやつらは間抜けじゃねえ。ま、そのAランクに裏切られたんだ、当然だな」

そう言って、グレンは肩をすくめた。

「……なるほど」

確かに、他にも協力者がいるというのならば、最も怪しいのはパーティーメンバーである。

もっとも、ロイにしてみれば逆にあからさますぎる気もするが、どちらにしても、警戒しなければならない対象であるということなのかもしれない。

「ま、何にせよ結果的に俺達が迷惑かけちまったってわけだ……詫び代わりじゃあねえが、一つ、テメエでも出来そうな依頼を紹介してやるよ」

「依頼の仲介、ですか？」

「おう。ギルドの依頼の仲介業務が止まっている今、どうせテメエが受けられる依頼なんてねえんだろ？」

「まあ、それはその通りですが……」

冒険者同士の依頼の仲介というのは、ロイも話には聞いたことがある。ただ、極めて珍しいケースだそうだ。

依頼が失敗した場合は仲介した冒険者の責任になるし、受託した冒険者の方は、その依頼を達成したとしても、仲介料を差っ引かれる上に、ギルドの実績にもならない。

両者にとってメリットとデメリットがいまいち釣り合わないことが多い。

そのため、基本的に仲介される依頼、受ける冒険者どちらも〝訳有り〟の場合がほとんどなのだとか。

少なくとも、冒険者からの仲介と聞いて喜んで受けようとする者はいないだろう。

答えに窮しているロイを見て、グレンがニヤリと笑う。

「はっ、警戒してるってことは、仲介される依頼ってのがどんなもんかは理解してやがんな、新人。その反応は及第点だぜ。だがまあ、別に怪しい依頼じゃねえよ。他の冒険者の手伝いってだけだからな」

「他の冒険者の手伝い……？」

「ああ。そいつらはDランクの冒険者なんだが、ちと事情があって並みのFランクの冒険者にすら劣る戦闘能力しか持ってねえ。だが連中は特定の状況においてはかなり有用でな、ギルドから直接依頼を受けることもある。俺達もそれをちょくちょく手伝っているんだ」

グレンの説明を聞いて、ロイは驚いた。

そもそも冒険者同士が助け合うのは珍しい。

冒険者は他の冒険者をあまり信用しない。むしろ同じ冒険者であるからこそ、下手に弱みを見せれば付け込まれると警戒するくらいである。

しかも、超一流のＡランク冒険者が、はるかに格下のＤランクの冒険者を手伝うのだからなおさらだ。

Ｆランクに比べればマシではあるものの、Ｄランクはまだ一人前にすら到達していない、せいぜい半人前の冒険者である。

カモにするならばともかく、一体何を手伝うというのか。

……あるいは、ランクが低すぎる相手なら、騙されても痛くもないし、気軽に協力出来るのかもしれない。

もしくは、Ｄランクにもかかわらずギルドから直接依頼を受けるというほどなのだから、その冒険者はよほど信頼されているのか。

「何か色々考えてるみてえだが、依頼の内容に関しては心配する必要はねえぜ？　とある魔物を相手にするってもんなんだが、まあテメエでもどうにか出来る程度だろうからな」

「んー……正直ありがたくはあるんですが、どうしてわざわざ紹介してくれるんですか？」

「言っただろ？　詫び代わりみてえなもんだってな。それに、元々Dランクの冒険者への依頼で報酬が少ねえから、正直、俺達にとっちゃあんまり実入りが良くねえ依頼だ。そもそもギルドからの直接依頼ってのは、依頼料よりギルドからの信頼を得るためのものだしな。既にAランクの俺達にとっちゃ、そういう意味でもあんま旨くねえんだよ。ついでに言えば、今は俺達はあんま他の冒険者と顔を合わせたくねえ。痛くもねえ腹を探られても面白くねえだろ？」

一通り話を終えたグレンは、どうする？　とばかりに視線で問う。

ロイはしばし逡巡する。

興味はあるし、この状況で依頼を紹介してもらえると助かるのも事実だ。

やがて、意を決したロイは顔を上げて返事をする。

「……分かりました。仲介、お願いしても、いいですか？」

「おう、そうこなくっちゃな」

「それで……その冒険者達は一体どんな人達なんですか？」

「そうだな……とりあえず一言で言うんなら……運び屋だ。知ってるか？」

そう言って、グレンは試すような目でロイを見た。

「ええ、一応は……」

運び屋というのは俗称で、それを専門とする職業の者がいるわけではない。分類的には冒険者に属している。

ただ、普通の冒険者とは異なり、彼らがギルドで依頼を受けることは滅多にない。

というか、そもそも基本的に彼らは依頼を受けないと言うべきか。

彼らはギルドから依頼を受けるのではなく、自分達で依頼を取りに行くのである。

加えて言うならば、その相手は自分達よりも高位のランク冒険者が多い。

彼らはそんな相手のもとに足を運び〝何か自分達が手伝えることはありませんか〟と尋ねて回るのだ。

どれだけランクを上げようとも……いや、むしろランクを上げれば上げるほど、冒険者稼業では人手が足りなくなる場面が出てくる。

たとえば、倒した魔物の解体などだ。

高位の冒険者が相手にする魔物は巨体であることが多く、それだけ解体には手間がかかる。

得られる素材を売り払えば多大な金になるのだから、解体しない理由はないのだが、魔物との戦闘の直後にやるのは億劫だ。

かといって、のんびりしていると血の臭いによって他の魔物を引き寄せてしまうかもしれないし、作業中はそういった魔物を警戒しなければならない。

解体に必要なのは基本的な知識を除けば後は根気である。誰かに任せられるのであれば任せたいと思う者が大半だろう。

そういった時に利用されるのが運び屋であった。

それは冒険者による助け合いや協力関係ではなく、どちらかと言えば〝寄生〟に近いかもしれない。

実際、運び屋のことをそうやって蔑む冒険者がいるのも事実だ。

魔物と戦いもせずに高位の冒険者に守ってもらいながら安全に解体だけを行い、高額な報酬を受け取る物乞い同然の者達、と。

しかし、そんな運び屋を積極的に利用する冒険者達もいる。

単純に人手が足りないのもあるが、自分達も駆け出しの頃は運び屋をやってきたという者も少なくないからでもあった。

冒険者は、誰にでもなることが可能な職業だ。

だが、あくまでもなれるというだけであって、稼げる保証はないし、誰かが身の安全を守ってくれるわけではない。全ては自分の責任である。

冒険者ギルドはあくまで依頼の仲介者であって、冒険者の育成機関ではない。新人冒険者に対しては基本的な説明やアドバイスをしてくれるだけだ。

魔物との戦い方や依頼遂行中の身の守り方は、自分の命を危険に晒して一から学ばねばならないのである。

無償で他の冒険者が何かを教えてくれるかもしれないと期待するのは無駄だ。

わざわざ新人冒険者の世話をしてどんなメリットがあるのかという話である。

もしもそういうことがあるとしたら、その新人に余程の見込みがあるか、あるいはその先輩冒険者が余程のお人好しだった場合だけだ。つまりは、ほぼありえない。

無論、相応の報酬さえ用意すれば可能だが、そんな余裕があるのならば、わざわざ冒険者になどなる必要はあるまい。

しかし、運び屋として高位の冒険者についていけば、手ずから何かを教わるということこそないものの、彼らの一挙手一投足を間近で見られる。

それは冒険者にとってこれ以上ない教科書になる。そうやって高位のランクへと至った冒険者も少なくない。

ゆえに、ギルドもランクの低い者達は運び屋になることを推奨しているし、高位の冒険者には運び屋を利用するようにすすめている。

どちらの冒険者も利害が一致し、その結果高位の冒険者が増えれば、ギルドにとってもまた得となるからだ。

とはいえ、冒険者の中には運び屋をせずに高位のランクに至った者もいる。運び屋のことを蔑んでいるのは主にそういった者達である。

彼らからすれば、運び屋は卑怯な真似をして金を得る物乞い同然に見えるのだろう。

実際のところ、運び屋の一部にそういった者が交ざっているのも事実だ。

運び屋となる者は、主にEランクやDランクの冒険者だが、運び屋として得られる報酬は、ギルドで受ける同ランク帯の依頼の報酬よりも圧倒的に上であることが多い。

しかも、魔物は高位の冒険者が倒してくれて、自分達は解体や運搬などをするだけでいいのだ。

戦闘から解体、警戒まで全てを自分達でやらなければならないなら手間だが、解体に専念出来るならばそれほどでもない。

むしろ温い方ですらある。

そんなぬるま湯に浸かったまま出られなくなり、昇格を諦め、そのまま腐っていく冒険者というのも一定数いる。

もっとも、そういった手合いはそのうち仕事の手を抜くようになり、次第に他の冒険者からの依頼が減って立ち行かなくなるのが常なのだが……

「……そういえば、話には聞いていたけど、会うのは初めてだなぁ。まあ、分かりやすく名札とかつけてるわけでもないんだから、知らずにすれ違っていた可能性はあるわけだけど」

と、以前ギルドで聞いた話を思い返しながらロイは指定された場所に向かったのであった。

街の西門から出たロイは、目的の人物を探して辺りを見回した。

ここは魔の大森林へと向かう際の待ち合わせ場所として冒険者達にはお馴染みだ。普段ならば数組の冒険者の姿を見かけるのだが、今日に限っては誰の姿もなかった。

とはいえ、それも当然と言えば当然か。

ギルドでは依頼を仲介していないし、見た限り素材の換金も停止しているようだった。換金さえやっているのならば魔の大森林に行く意味はあるが、それが出来ないのならば、こんな危険な場所に用事はない。

ロイとてグレンの紹介がなければ、ここには来なかっただろう。

「まあ、今回はそれで良かったって言うべきかな？　考えてみたら、相手の顔も知らないわけだし……グレンさんは見れば分かるとか言ってたけど」

グレンによると、この依頼主というのが運び屋であり、目的地は魔の大森林なのだという。

だからここが待ち合わせ場所になっているのだが……まだ自分以外誰の姿もないので、ロイは首を傾げる。

それにしても……本当に自分で良かったのだろうか。

ロイは今更落ち着かない気持ちになっていた。

大抵の運び屋は、ただ冒険者を手伝って報酬を得るのを目的としてはいない。先達の冒険者の行動から学ぶこともまた、彼らにとっては重要なのだ。

だが、生憎ロイは冒険者になったばかりのFランクであり、誰かに教えられるような立場ではない。

下手をせずとも、格下のロイの方が教わる側だろう。

戦闘での立ち回りくらいならばあるいは、といったところではあるが、それもどれほど役に立つかは分からない。

「まあ、グレンさんは気にする必要はないって言ってたけど……」

ギルドからの仲介ではないので、何かあったらグレンの責任にもなってしまう。だからこそ、ロイもそこはしっかり確認しておいた。

あいつらはどちらかと言えば〝元々の運び屋〟に近いから問題はない——それがグレンの返答だった。

グレンによると、運び屋が運び屋と呼ばれているのは、元々は名前の通り、主に運搬の手伝いをしていた者達だったからだそうだ。

高位冒険者の間では『魔法の鞄』と呼ばれる見かけの大きさよりも多数の荷物を収納出来るアイテムが当たり前のように使われているが、実はこれが広まったのは最近だ。

そのため、一昔前は全ての荷物を人力で運ばなければならなかった。もちろん、解体した後の魔物の素材などもである。

だが、武器や防具で身を固めた冒険者達にそれらを運搬する余裕はない。もっと言えば、重い荷物は戦闘の支障にさえなる。

そこで利用されるようになったのが運び屋だ。

本来運び屋とは、魔物の解体だけでなく、その後の素材の運搬まで担当していたのである。

当時は今よりも積極的に利用されており、駆け出し冒険者の実地研修めいたものではなく、運び屋を専門で営む者もいたとか。

今回ロイが待ち合わせているのは、性質的にはその一昔前の運び屋に近い者であるらしい。

ゆえに、何かを教えたり余計なことを考えたりする必要はないのだそうだ。

ロイがあれこれ考えていると……西門の方から歩いてくる人影が見えた。

「んー……あれでいいの、かな？」

他に人はいなかったものの、ロイがいまいち自信を持てなかったのは、それが男女の二人組だったからだ。

運び屋は基本的に人手不足を解消するためのものであり、パーティーを組んでいることが多い。その人数は大体四人から六人が多く、二人というのはあきらかに少なかった。

とはいえ、二人だけが先行して来たのかもしれないし、二人で十分なほどに優秀な人達なのかもしれない。

そうこうしているうちに、二人組の方からロイに話しかけてきた。

「……今回俺達を手伝うのは、お前か？」

二人組の片割れの男が、ロイを値踏みするような目で見た。

「あ、はい。グレンさんに仲介してもらったんですけど……」

ロイがそう答えると、女が親しげな笑みを浮かべた。

「グレンさんからかー。なら間違いなさそうだねー」

取っつきづらそうな男と、気安そうな女、というのが、ロイが二人に抱いた第一印象であった。

男はあまり口数が多くはなく、ロイに気を許していない様子だ。逆に女は見るからにお喋りが好きそうで、まるで警戒などしていない。

対照的とも言える印象の二人組——確かに目立つし、見ただけですぐ分かる。この二人がグレンの言っていた運び屋に違いない。

二人の態度が対照的なのは、おそらくわざとだろう。

初対面なのに気安すぎると逆に怪しくて、何か企んでいるのではないかと警戒されやすい。かといって、硬すぎれば今度は取っつきづらくて気まずい。

双方混ざって、相手に合わせてバランスを取ることで、話をスムーズに進めやすくしているのだろう。

ある程度は本人達の〝素〟の性格なのかもしれないが、初対面の相手とのやり取りに慣れているのがよく分かる。

日々依頼を受ける冒険者という職業の性質上、初対面の相手と話す機会は多い。その中でも運び屋は様々なパーティーと関わることが多いらしい。この態度はその経験から培われたものなのだろう。

「えっと、お二人がグレンさんの言っていた運び屋の方で間違いないですよね？」

念のための確認に、女が頷く。

「うん、そうだねー。まあ、グレンさんがあたし達のことを何て言ったのかは知らないけど、少なくともあたし達は、ギルドにグレンさん達から紹介された人が来るって言われたよ」

「なら、やっぱり合っていますね。まあ、僕は〝会えば分かる〟としか言われていないんですが……」

「あははー、まあグレンさんもあたしの双子の弟みたいに口数少ないもんねー。っと、そういうことなら、まずは自己紹介しといた方がいいかなー？　あたしの名前は、リュゼ。で、こっちが弟のリュカねー」

紹介された男がぽつりと一言呟く。

「……リュカだ」

二人が双子だと聞いて、ロイは改めて驚いた。言われて見てみれば、二人の外見は似ているように思える。

性格や雰囲気が正反対で見逃していたが、緑色の髪に同色の瞳という特徴はまったく同じだ。

しかし、家族が揃って冒険者になるのはかなり珍しい。

基本的に冒険者というのは、〝後がない者〟が行き着く先である。一緒に暮らす家族がいるのなら、安全で安定した別の仕事をしようとするのが普通なのだ。

……とはいえ、冒険者になっている時点で何か事情があるのは間違いない。

気を取り直して、ロイも自らの名を告げた。

「ロイです。今回はよろしくお願いします」

「うん、よろしくねー。って、別にそんな畏まった口調じゃなくていいんだよー？　同じ冒険者なわけだしねー」

「いいえ、同じ冒険者であっても、今回はそちらが依頼主になるわけですし、それに先達に敬意を示すのは当然かと」

「……先達？　……お前、ランクは？」

やけに恐縮するロイを訝しみ、リュカがズバリと聞いた。

「あ、Ｆなんですが……」

「えー、Ｆなの？　本当に……⁉」

ロイが自らのランクを告げた瞬間、リュゼはわざとらしいまでに驚いてみせた。弟のリュカの方も、僅かながら顔を強張（こわば）らせる。

Aランクの冒険者から紹介されたのが最低のFランクだったのである。

立場が逆だったらロイも驚いたに違いない。

「えっと……一応グレンさんからは、僕でも大丈夫そうな魔物が相手、と言われたんですが……」

「……それに関しては、俺達はお前の実力を知らんから、何とも言えん」

「だよねー。まあでも、グレンさんがそう言ったんだったら、大丈夫なんじゃないかなーって気がするけどー」

「……さてな。あの男が何をどう考えているのかなど、俺には分からんよ」

「まあ、そうだけどさー」

彼らが手放しにロイの実力を信じないのは、ある意味真っ当だ。

どんな魔物を相手にするのかも分かっていない時点で、ロイには反論など出来ない。

グレンの言葉を信じれば、大した魔物でもないのだろうが——

「ちなみに、どんな魔物を相手にする予定なんですか？　グレンさんが言わなかったってことは、珍しい魔物で、言っても僕には分からないだろうから……ですかね？」

ロイの質問に、姉弟が顔を見合わせる。

「あー……うん、そうだねー。確かに、あんまり見ないかなー」

「……まあ、珍しいと言えるだろう。だからこそ、俺達に依頼が来たのだからな」

「珍しいからこそ依頼が、ですか？」

「……お前が俺達について、どれだけ聞いているのかは知らんが、俺達が普通の運び屋とは違うことだけは確かだ」

「あたし達は魔物の解体とかしないしねー。出来ないってわけじゃないけど、それくらいならあたし達じゃなくて、他の運び屋にやらせるだろうしー」

「確かに、グレンさんもそんなことを言っていましたね。元々の運び屋に近い、とも。じゃあ、お二人は具体的に何を……？」

「……大っぴらに言っているわけではないが、ギルドは魔物の情報を集めている。これは分かるか？」

「ええ……まあ、それはそうでしょうね」

ギルドは多種多様（たしゅたよう）な魔物の情報を持っている。そうでなければ依頼のランク分けなど不可能だし、冒険者にアドバイスも出来ないからだ。

冒険者ギルドの役目は依頼の仲介だとはいえ、冒険者を無駄に死なせてはギルドが立ち行かなくなってしまう。

それを避けるためにも、最低限の忠告を行っている。

だが、冒険者ギルドの職員が自力で魔物と戦って情報を得るのは効率的ではないし、不可能だ。

となれば、誰かから得るしかないわけだが――

「お二人はその情報の提供源の一つなんですか？」

「うーん、間違ってはいないけど、正しくもないって感じかなー」

「……魔物の情報を得る方法で最もメジャーなのは、冒険者から得ることだ。実際の戦闘経験から得られるため、確度はそれなりに高い」

「ただ、どうしても主観の入った情報になっちゃうからねー。他の人にとっても有効で有益なものとは限らないしー」

「まあそれは、確かに」

「……なら、どうすればいいか？　単純だ。魔物を直接調べればいい。まあ、俺達がすることは、あくまでもその手伝いだがな」

「あたし達がしてるのは、魔物の捕獲なんだよねー。これでも、ギルドからの評判はそこそこ良いんだよー？」

魔物の捕獲をギルドが頼んでいるという話は初めて聞くが、ロイにもすんなり納得出来た。

客観的(きゃっかんてき)で、なおかつ詳細な情報を得ようとするならば、それが最も確実だ。

捕らえた魔物が街中で逃げ出そうものなら大惨事(だいさんじ)になりかねないが……その辺りはギルドも彼らも、理解していないわけがあるまい。

絶対に逃がさないと言い切れるほどに彼らが優(すぐ)れているか、あるいは今回狙(ねら)うのは対処可能な程度の魔物だということなのだろう。

そう楽観視(らっかんし)するロイに、リュカが告げる。

「……これから俺達が捕らえようとしている魔物は、影の化身(けしん)などとも呼ばれているモノだ。またの名を、陰(かげ)に潜(ひそ)み影を食(く)らうモノ」

「――シャドウイーター。それが、あたし達が狙ってる獲物(えもの)の名前」

仰々(ぎょうぎょう)しい名を耳にして、ロイは僅かに目を細めたのであった。

シャドウイーターという名を、ロイは初めて聞いた。

もっとも、ロイはそもそもあまり魔物に詳しいわけではないので、知らなかったとしてもそれほど不思議ではないのだが。

とはいえ、これからそれを相手にするのだから、知らないでは済ませられない。

そういうわけで、魔の大森林へと向かいがてら、ロイはリュゼ達からシャドウイーターに関する話を聞いていた。

「まあ、仰々しい名前で呼ばれているけど、実際のところどんなものなのかはよく分かってはいないんだけどねー。さっきも言った通り、珍しい魔物らしいからさー。ただ、それほど強い魔物ではないって聞くかなー」

「そうなんですか？」

「……少なくとも、同ランクの魔物の中では、戦闘能力はそれほど高くはないと言われている。むしろ厄介なのは、その能力だと」

リュカの言葉をリュゼが継ぐ。

「影と同化出来る上に、影と影の間を瞬時に移動するらしいからねー。だから影の化身なんて呼ばれてるのよー。しかも、森みたいな影の多い場所を好むんだから、聞くだけで厄介だってのが分かるよねー」

「……それに、ダメージを与えるには魔法など、特別な手段を使う必要があるという話だ。

剣で斬ろうとしても手応えがなく、素通りするらしい」

「基本的には個体でしか行動しないから、群れに襲われることはないんだってさ。でも、別の意味で厄介みたいだねー」

「……シャドウイーターは縄張りを持たない。厳密に言えば、一つの場所には拘らない」

「だから、他の魔物と戦っている最中に、突然シャドウイーターが乱入してくることがあるんだってさー」

「……なるほど。聞けば聞くほどに面倒そうですね、それは」

それほど戦闘能力が高くないとしても、いつどこで邪魔をされるか分からないとなると、気を張り続けなければならない。

逆に、他の魔物と戦闘している最中にシャドウイーターを気にしてばかりいて、致命的な隙を晒してしまっては本末転倒だ。

いずれにしても、冒険者にとって迷惑な存在であるのは間違いない。そんな魔物について詳細に知るために、捕らえて調べようと思うのは、道理である。

「影に潜む性質もあって、シャドウイーターは神出鬼没だという。今回俺達に捕獲の依頼が来たのは、あの森で見つかったからだが、それも初めてのことだそうだ」

「さっきも言ったように、生態が謎だらけなんだよねー。ギルドには〝期待してる〟とか言われちゃったしー」

　リュゼは苦笑しながら肩をすくめた。

「まあ、それはそうでしょうねえ」

　しかし、ギルドから期待をされているというのに、少なくともロイの目には二人が緊張しているようには見えなかった。それだけ自信があるということか。

　グレンが時折手伝うような者達なのだから、そういう厄介な案件にも慣れているのかもしれないが。

　そんなことを考えつつ、ロイは話を聞いて気になった点について尋ねてみる。

「そういえば、そんな神出鬼没の魔物がどこにいるのか、分かっているんですか？」

「……ある程度の予想は、といったところだ」

「その辺もよく分かってないことの一つだからねー。見当違いの場所に移動してるって可能性は否定出来ないんだよねー。まあでも、さすがに大丈夫だとは思うよー？　発見されたのは昨日だし、それ以後あの森は立ち入り禁止になっているはずだからねー」

「え、立ち入り禁止なんですか？」

　それはロイにとって完全に初耳であった。

　もっとも、今日はグレンに会った後すぐにギルドを出てしまったので、聞く機会がなかっただけなのかもしれないが。

とはいえ、依頼の仲介も素材の換金も止まっている状況なのだから、魔の大森林に立ち入り禁止でも特に問題はないはずだ。

しかし、そんなロイの反応に、リュゼ達は引っかかったようだ。僅かにではあるが、二人共眉をひそめる。

「……聞かされていない、か。命にかかわるほど危険だからこそ、禁止されているはずなのだがな」

ロイは深刻そうなリュカの顔に面食らう。

「え……そこまで、ですか？」

「何せ、相手はよく分かってない魔物だからねー。あの森にいる他の魔物のこととかも考えれば、とりあえずそうしておいた方がいいって判断だと思うよー？　まあ、あたしもその判断は間違ってないと思うしねー」

そう言われてもいまいちピンと来ないロイが首を傾げていると、リュカとリュゼは溜息混じりに続けた。

「まあいい……とりあえず、話を続けるぞ。そういうわけで、まだ発見から大して時間が経っていない上に、余計な刺激を与える存在もいない」

「魔の大森林にいるやつに限らず、魔物っていうのは、冒険者がちょっかいだしたりしなければあんまり場所を移動しないからねー。だから、まだ発見場所の周辺にいる可能性が高いってわけだねー」

「なるほど……ありがとうございます」

冒険者にとっては、当たり前の知識なのだろう。

ロイが冒険者を続けていこうとするならば、こういった知識もしっかり学んでいく必要があるのかもしれない。

そういう意味で言えば、自分よりも知識も経験も豊富な他の冒険者と共に依頼に向かえる状況は非常に貴重な経験になる。

そんな機会を与えてくれたグレンに感謝しつつ、せっかくの機会を無駄にするまいと、ロイは今まで以上に気合を入れた。

「……さて、そんな厄介なモノをこれから捕らえようとしているわけだが、段取りは分かっているな？」

「あ、はい、グレンさんからある程度聞いています。実際に魔物と戦う……というか、その動きを抑えるのは僕がやるんですよね？」

「自慢じゃないけど、あたし達はまったく戦力にはならないからねー。これでもDランクだっていうのに、Fランクの君の方が間違いなく強いと思うしー」

「ですが、その分魔物を捕らえることが得意、なんですよね？」

「ま、そのくらいやれなくちゃ昇格出来なかったと思うしねー」

「……だからこそ、相応の自負はある。そうだな、動きさえ抑えられていれば、全ての竜を……とまではさすがに言いすぎかもしれないが、竜の中でも弱い方ならば捕らえられるだろう」

「……なるほど」

実際にやったことがあるのかどうかはともかく、少なくともそう言えるだけの自信はあるらしい。

ならば、この依頼が失敗するか否かはロイ次第だ。

表情を引き締めるロイを、リュゼが茶化す。

「んふふー……どうしたのー？　怖気づいちゃったかなー？」

「いえ……今回の依頼の成否が僕にかかっているということは、グレンさんから話を聞いた時から分かっていましたから」

今まで何度も魔物を倒してきたが、捕獲した経験は一度もないので、正直自信はなかったものの、グレンは大丈夫だろうと太鼓判を押した。

「自信があるとは言えませんが……精一杯やってみせます」

生真面目なロイの返事に、リュカがほんの僅かに唇の端を上げた。

「……そうか。なら、期待しておくとしよう」

「はい……任せてください」

そんな話をしているうちに、気が付けば魔の大森林のすぐ側に迫っていた。

ロイは一つ息を吐き出すと、真っ直ぐ前を見つめる。

それから、挑むように大きな一歩を刻むと、魔の大森林へと足を踏み入れたのであった。

静まり返った森の中を、リュカは息を殺すようにして歩を進めていた。
顔には決して出さないようにはしているものの、先ほどから緊張で心臓の音がうるさいほどだ。
隣を歩く姉のリュゼも、顔にはいつも通りの笑みを浮かべているが、内心は彼と似たようなものだろう。
だが、それで当然だ。

十年冒険者を続けていようとも……否、十年続けているからこそ、リュカは自分達が今どんな場所にいるのか、よく理解している。

魔の大森林……死と絶望のみが横たわる場所。

本来であれば、足を踏み入れるということは、死を意味する場所である。

少し先を歩く少年のように、大した警戒をするでもなく無造作に歩けるようなところでは決してない。

その少年の姿は、リュカ達からしてみれば異常というより、最早理解不能の域であった。

顔や態度に出さないようにしているのは、先達としての意地でしかない。

二人は、彼が本当は〝何者〟であるのかを、直感的に理解していたが、それでも態度を崩すわけにはいかなかった。

Fランクの冒険者。

普通であれば、珍しくも何ともない存在だ。

冒険者になろうとする者……ならざるを得ない者など、ごまんといる。

その大半がFランクから始めるのだから、冒険者ギルドの存在している街ならば、その姿を見かけないことはない。

だがそれは、あくまでも普通の街での話だ。

らない。

辺境の街ルーメン……人類の最前線とも呼ばれる危険と隣り合わせの街には当てはまらない。

そもそも、あの街にはFランクの冒険者がこなせるような依頼がないのだ。

依頼をこなせない以上金は稼げない。つまりは冒険者として生活するのは不可能。普通に考えれば、Fランクの冒険者がいるわけがないのである。

なればこそ、そこにいるFランクの冒険者は異常だった。

当たり前の道理が理解出来ないほどの阿呆か……Fランクを名乗っているだけの常識外れの者か、ということである。

そしてリュカは、目の前の存在が後者であると知っていた。

噂では、魔の大森林に君臨する強大な魔物――西方の支配者を彼が倒したなどと真しやかに囁かれている。

他にも、街中で見つかったヴィーヴルを倒したのも彼だとか、あるAランク魔導士の女性の〝計画〟を止めたという話も耳にした。

それらの噂がどこまで事実かは分からないが……少なくとも、目の前の少年が〝アレ〟であることはほぼ間違いない。

勇者。

その姿を見た者はほぼいないため、何らかの事情により作り出された虚像にすぎないという話もあるが……そんな存在でなければ、西方の支配者を倒すことなど出来ないだろう。

それを分かっていながら虚勢を張るなど、滑稽でしかないと自覚している。だが、そんなに物分かりがよければ、そもそも冒険者になっていなかったに違いない。

それに、意地以外にも虚勢を張らなければならない理由はあった。

彼が何故来たのかが分からないからである。

元々は、グレンに持ちかけた依頼――いや、より正確に言うならば、グレンを含むパーティーにした依頼だった。

今回のターゲットは情報が少ない魔物であるし、万全の状況で挑もうとするのは当然だ。

それに加えて〝彼女〟の噂が本当なのかを確かめるという目的もあったが。

しかし、やってきたのはこの少年だった。

依頼の仲介自体は別に問題ではないし、戦力的にも不安はない。そもそも不安があるような人物ならば、グレンが仲介することはなかっただろう。

……問題は、そこに何らかの意図が存在しているのか否か、である。

たまたまグレン達が忙しくて、彼が暇だったので仲介したのならば問題はない。

だが、何せ〝この時期〟である。

何の意図もないと考えるのは、楽観的に過ぎるというものだ。

しかし、リュカはその意図を測りかねていた。

グレンの立場が分かっていれば推測も出来るが、生憎と彼の立場ははっきりしない。

〝彼女〟の計画に賛同しているか、あるいは反対しているのか。

反対するような人物に話を持ちかけることはないと聞いているが、何せグレンはAランク筆頭である。さすがに何も知らないとは考えにくい。

それに、既にいくつか〝事は起こっている〟のだ。

最低でも、グレンはそこから何か推測していると考えるべきだろう。

そうなると、少年をリュカ達のところへと派遣したのは、こちらの出方を見るためだろうか。

とはいえ、それはあくまでもグレンが〝彼女〟から何も聞かされておらず、反対の立場の場合だ。

しかし、これが賛成の立場であれば別の意味を持ってくる。

その場合に最も考えられるのは、彼を勧誘しろということだ。

そして、もしこの少年が賛同してくれるならば、これ以上ないほどに心強い。成功は約束されたも同然だ。

だが、彼は勇者である。人や世界を守った人物が話に乗ってくるだろうか？

失敗して計画が露見した際の責任はリュカ達が取らねばならない。

何もしなければ、グレンに失望されてしまうとは思っても、状況が分からない以上は、下手に動かないのが一番だ。

しかし、これからあの街を滅ぼそうとしている者が――その計画に乗った者が、そんな消極的な態度でいいのか。

胸中で自問しながら、リュカは眼前の少年の背中を眺め、目を細める。

……だが、そんな思考に突然終わりが訪れた。

リュカの背筋を怖気とも寒気とも言えぬものが走る。

考え事をしている場合ではなくなったと本能が警告を発した。

反射的に視線を背後へと向け……同時に自らが感じたものの正体を悟る。

それは、濃密なまでの死であった。

一見すると視界に映った風景の中に、大して変わったものはない。

生い茂った木々が広がっており……だがその中の一点に、まるで墨でも垂らした跡のような、不自然なまでに真っ黒な影があった。

考えるよりも先に、本能で理解する。

目にするのは初めてだが、圧倒的なまでの死の気配が、その存在が何者であるのかをこれ以上ないほど明確に示していた。

アレが、シャドウイーターだ。

決して周囲への警戒を怠ってはいなかったはずなのに一体いつの間に……と考えることに意味はない。

彼我の実力差があり、さらに向こうは影から影へと渡れるのだ。むしろ唐突に現れるのが当たり前な存在である。

だがそれでもリュカは驚きを隠しきれなかった。

あまりにも遭遇するのが早すぎる。

前回シャドウイーターが発見された場所は、もっと魔の大森林の奥まった場所だ。少なくとも一時間は歩かないと辿り着けないはずである。

しかし、リュカ達が魔の大森林へと入ってからまだ数分しか経っていない。いくら縄張りを持たないとは言っても、この遭遇は予想外すぎた。

とはいえ、魔の大森林は魔物との遭遇率が高いことでも有名だ。

一歩足を踏み入れたその瞬間から、いつどこでどんな魔物に襲われたてもおかしくない……いや、襲われて当然なのである。

だからこそ、ここに足を踏み入れたその瞬間から覚悟はしていた。

だが、それでもその相手がシャドウイーターとなれば話は別だ。

確かにシャドウイーターは、同ランクの魔物の中では戦闘能力は低いとされている。

そう、同ランク――Ａランクの中では。

しかし、リュカ達からしてみれば、Ａランクという時点で強いも弱いもない。その全てが、規格外の化け物だ。

だからこそ、遭遇には細心の注意を払う必要があった。

一手の間違い――否、刹那の遅れが即座に死に直結する。Ａランクの魔物というのは、そういうものだ。

しかし、その生死を分ける刹那は、既に過ぎ去っている。

ならば……訪れるのは当然の帰結である。

ああ、死んだ……と、リュカは自然に思った。

そして――

静寂を打ち破る轟音が、その場に響いた。

「――っ」

覚悟をする必要すらなかった。

Cランクにすら至らぬ身でAランクの魔物の攻撃を受ければ、たとえ不意打ちでなくとも原形すら留めぬ肉片と化すだろう。

痛みを感じる暇もなく死を迎えるはずだった。

……だから、何かがおかしいとリュカが気付いたのは、その何とも緊張感のない声が聞こえた時であった。

「うーん……なるほど。思っていた以上に唐突に現れたなぁ。確かにこれは厄介ですね」

ようやく、今の自分の状況が見えてくる。

身体は跡形もなく吹き飛んだりはしていない。それどころか、四肢の一つすら失われてはいなかった。

何よりも、先ほどまでリュカの視界に存在していなかったはずのものが目の前にあった。

それは、振り返る直前に目にしていたもの。

つまりは、ロイの背中であった。

「――え？」

そして、リュカの隣から、リュゼの唖然とした声が漏れる。

彼女にとっては、リュカ以上に唐突に事が起こったように見えるのだろうから、当然か。

だがリュゼが冷静に戻るのを待つ暇はない。そもそも、背を向けているロイにはリュゼの様子は分からない。

シャドウイーターから目を離さないままに、ロイが口を開いた。

「それで、アレがシャドウイーターってことでいいんですよね？」

「……ああ。おそらく、としか言えんがな」

リュカが冷静にそう答えられたのは、驚きで思考が一周したせいか。あるいは、リュゼが冷静でない分、無意識に思考が冴えたのか。

何にせよ冷静に。そう自らに言い聞かせながらも、リュカはロイの背中越しにソレの姿を眺め、目を細めた。

「……あれほど面妖な姿をしている魔物など、他に聞いたこともない。シャドウイーターで間違いないだろう」

染みにしか見えなかったソレは、いつの間にかはっきりした形を作り出していた。

ゆらゆら揺らめいているその姿はやはり黒一色。定まった形を持っていないようであり、立ち上がった影そのものだ。

ここで冷静さを取り戻したのか、リュゼが同意を示す。

「……そうだねー。大きい魔物とかは珍しくもないけど、ああいう不定形の魔物っていうのは珍しいからねー。スライムとかには見えないし、アレがシャドウイーターで間違いないと思うよー」

　彼女の口元にはいつも通りの笑みが戻っている。

　一見すると大丈夫そうに見えるが……これは上辺だけ取り繕っているだけだと、リュカは早々にリュゼの内心を感じ取った。

　おそらく、先達であることの意地でそうしているのだろう。

　冒険者など、極々一部の才ある者を除けば、見栄と意地で出来ていると言っても過言ではない。

　自分にも才能があると勘違いした者達が、ランクや期間を理由に見栄を張り、何とかやりくりしているのだ。

　そしてその極々一部の例外に該当する少年は、安堵の息を一つ吐きながら、穏やかな口調で告げた。

「そうですか、やはりシャドウイーターなんですね。それはよかった。確かに特殊能力は厄介そうですが、戦闘そのものは強くないみたいですし、あの程度なら何とかなりそうです」

　Ｆランクの冒険者が、Ａランクの魔物を相手に〝何とかなりそうだ〟などとは……普通に考えれば強がり以外の何物でもない。

しかし、リュカは何も言わなかった。

きっとその通りなのだろうと思ったからだ。

直後、彼の眼前――ロイのすぐ側で二つの音がほぼ同時に響いた。

正直、リュカは何の音かは分からなかった。一時も目を離していなかったにもかかわらず、何も見えず、ただ鋭い音が聞こえただけ。

しかし、変化はあった。

いつの間にか、シャドウイーターの身体に、細く長い腕のようなものが生えていたのである。

十年の冒険者生活の経験から、リュカは直感した。あの一瞬のうちに、シャドウイーターが二本の腕で攻撃して、ロイがそれを防いだのだ。

シャドウイーターの攻撃方法は意外に単純で、その不定形な身体を伸ばして、直接攻撃してくるという。

ただ、見た目とは裏腹にその攻撃は重く鋭いらしく、熟練の戦士の斬撃や打撃を上回り、気を抜けばあっさりと斬り裂かれ、叩き潰される。

また、その攻撃速度に関しては、たった今リュカが見た通り……否、見えなかった通り。

やられた際の状況が、まるで影に食われたようだった、などと言われるだけのことはある。

もっとも、それは攻撃が当たればの話である。

続けて二度、先ほどと同じ音が連続で響いたが、ロイは腕の位置が僅かに変わっているだけで、無傷のままだった。

一方のシャドウイーターも、腕のようなものをゆらゆらと揺らめかせている。

だが、どうやらこの攻防で、シャドウイーターはロイを敵と認識したらしい。

直後、魔物の身体に大きな変化が生じた。

「チッ……影に食われるがごとく、だと？　こんな影があってたまるか」

動揺を誤魔化すように、リュカは舌打ちした。

「……だねー。あはは、さすがにこれはちょっとねー。いくら生態がよく分からないって言ったって……限度ってものがあるんじゃないかなー？」

何とか冷静さを保つべく、リュゼが笑みを浮かべようと試みるが、その口元は思い切り引きつっている。

先ほどまで視線の先にあった木々が、一瞬のうちに全て黒で塗り潰されてしまった。

シャドウイーターがその身体を膨張させ、覆い尽くしたのだ。

軽く見積もっても百メートル以上。これで動揺するなと言う方が無茶である。

確かに、シャドウイーターは身体の形状を変化させることが出来るという話は聞いていたが、これは度を超している。

そして、ただ大きくなっただけだとは考えにくい。

残念ながら、リュカの予想は的中した。

大きくなったシャドウイーターの身体の至るところから、先ほどの腕のようなものが何本も生えてきた。

いや、最早腕というよりも触手と表現すべきか。

想像を超える変化に、リュカの頬が引きつった。

しかし、ロイは大して動じた様子もなく首を傾げる。

「んー……捕獲って言うんですから、当然倒しちゃ駄目なんですよね？」

さすがと言うべきか、変わり果てたシャドウイーターの姿を見ても恐怖などまるで感じていないようであった。

ただ、僅かに眉を寄せているあたり、さすがの彼でもアレが相手では手加減をするのは難しいということなのかもしれない。

「まあ、倒しちゃあ意味ないからねー。ギルドだって生きているのを調査したいから、あたし達に頼んだんだろうしー」

「……とはいえ、たとえ倒しても、まったくの無駄にはなるまい。それはそれで調べられることもあるだろうからな……難しそうなら無理にとは言わん」

気を利かせたリュカの言葉に対するロイの返事は、予想外のものだった。

「そうですか……いや、さっきので分かったんですが……思った以上に脆そうなんですよね、アレ」

「……え？」

リュゼが間抜けな声を漏らした。

無論、リュカの心境も似たようなものだ。

脆そう、ということはつまり……アレが強大すぎて加減する余裕がないのではなく……

ロイは平然と続ける。

「しかも、アレだけ大きくなられちゃったら、余計に脆くなってそうですね。正直、どのくらい削っていいのかもよく分かりません。弱らせるだけのつもりが、運悪く核みたいなのに当たっちゃうかもしれません」

どうやら、ロイからするとアレは弱すぎるらしい。

同じ〝加減が難しい〟でも、リュカが考えていたのとはまったく違ったようだ。

ここは呆れるべきところかと悩んでいると、その沈黙をどう捉えたのか、ロイは言い訳するように続けた。

「まあ、出来るだけ頑張って手加減してみますが……」

「……繰り返すが、難しそうなら構わん。ここまで事前情報と異なる状況になった以上、失敗したところでギルドも文句は言うまい」

「ま、何事にも限度はあるからねー」

そもそも捕獲依頼は成功を前提に考えられていない。

よく分からない魔物を捕らえようというのだから、失敗して当たり前、捕らえられれば儲けものである。

それを理解しているのかいないのか、ロイは目を細めた。

「とりあえず、やってみますか……」

ロイがやると言うのだから、リュカ達もそれ以上は何も言わなかった。捕獲に成功するならば、それに越したことはないのだ。

……あるいは、多くの者にとっては、失敗した方がいいのかもしれないけれど。

ふと、そんなことを思ったリュカだったが、自嘲の笑みと共にその考えを振り払う。

そのまま黙って、ロイの背中を眺める。

そして……進み出たロイが地を蹴ったのを合図に、シャドウイーターの触手が一斉に彼へと襲い掛かった。

その光景を一言で表すならば、圧倒的と言うほかない。

リュゼはロイとシャドウイーターの戦いを、固唾を呑んで見守っていた。

最初は数十本程度であったシャドウイーターの触手は、次第にその数を増やし、今や百を超えようかという勢いである。

その全てが、縦横無尽に暴れまわり、四方八方から襲いくるのだ。

さすがのロイも、防戦一方にならざるを得ないようであった。

先ほどは脆すぎると断じたロイであったが、やはりAランクの魔物というのは伊達ではないということか。

とはいえ、それでロイを責めるのは筋違いである。

シャドウイーターがこれほど多彩な攻撃が出来るなどという情報は、ギルドから知らされていなかったのだ。

実力を見誤ったとしても仕方ない。

ロイがダメならば、これはいよいよ覚悟をしておく必要があるかもしれない。

リュゼがそんな考えに囚われかけたその時——

一際大きな音がその場に響くと共に、ロイの身体が吹き飛ばされた。

リュゼは思わず息を呑む。

地面を削るようにして滑りながら、ロイは何とか彼女達の目の前で止まった。まだ立っているが、ダメージはいかほどのものか……

そこに、ポツリとロイが呟いた言葉が、リュゼの耳に届く。

「——なるほど。これなら何とかなりそうかな」

一瞬、聞き間違えか、あるいは強がりかと思った。

だが、直後にロイの横顔が目に入る。

その表情は、無理やり作り出した笑みなどではなく、面倒なことを終わらせられるぞとでも言いたげな、晴れやかな表情であった。

「確認なんですが、動きを抑えるというのは、一秒程度相手が特定の場所から動かなければそれでいいんですよね？」

一瞬呆けていたリュゼに代わって、同じように驚いていたはずのリュカが我に返ってロイの質問に答える。

「……ああ、そうだ。一定の場所から一秒程度動かない。それが、俺達が魔物を捕らえるための条件だ」

リュゼも慌てて動揺を悟られないように頷いて答える。

「そうだねー、それがあたし達が魔物を捕まえるための条件だけど……どうして今更確認したのー？」

「いえ、ちょっと思いついたことがあったので。これならいけそうかな、と。まあ無理ならまた別の方法を考えます」

気楽な調子でそう言ったロイに、リュゼは眉根を寄せる。

……あんなに押されまくっていたというのに、どうにかなるのだろうか。

何か突破口を見つけたのかもしれないが、少なくともリュゼにはまったく見当が付かなかった。

とはいえ、ロイが強がりを言っているようには見えない。

訝しんでいたリュゼは次の瞬間……自分が目の前の人物のことを何も分かってはいなかったのだと思い知らされた。

勇者と呼ばれる者がどういう存在なのかを。

「さて、それじゃ、っと」

よっ、と、気の抜けるような声と共に、ロイが唐突に腕を振るった。

何の変哲もない、ただの素振りとも思えるような動きで、一見すると何故そんなことをしたのか分からない。

しかし次の瞬間、リュゼの視界を覆っていた黒い塊の左側半分が、唐突に消し飛んだ。

「……は？」

思わず、間抜けな声が漏れた。

きっとさぞ間抜けな顔も晒しているだろう。

先ほどまで苦戦し、防戦一方だったのは何だったのか。

だがそこまで考え、リュゼは思い直す。

確かにロイは防戦一方ではあったが、一度もシャドウイーターの攻撃を食らってはいなかった。縦横無尽に襲いくる触手を、剣一本で全て捌ききっていたのだ。

つまり、あれは本当に、やりすぎてしまうのが怖くて手を出せなかっただけなのか。

リュゼが呆然としている間にも、ロイはさらに動く。

再び彼が腕を振るうと、シャドウイーターの身体は再び半分に分断され、右側が消滅した。

真に圧倒的と呼ぶべき光景を前に、リュゼはただそれを眺めていることしか出来なかった。

……だが、そこでふと気付く。

確かに凄いが、逆にこれはまずいのではないか。このままではいずれシャドウイーターが跡形もなく消し飛んでしまう。

それでは、捕獲どころか何の情報も得られないではないか。

一体どういうことかと思っている間に、ロイが再び腕を振るう。

残った部分のさらに左側半分が消し飛び……シャドウイーターはロイの攻撃でどんどん小さくなっていく。

そこでようやくリュゼはこの行動の意図に気が付いた。

ロイがシャドウイーターを眺めながら呟く。

「うん、やっぱりこのくらいでやれば、核の移動は間に合う、か」

スライムなどの不定形の魔物は、核と呼ばれるものを持っていることが多い。

動物における心臓のようなものであり、それさえあれば身体のどこが欠けようとも生命の維持に問題はないが、逆に核が失われてしまえば死が訪れる。

そのため、核を持つ魔物はそれを最優先で守るし、魔物によっては体内で核の位置をある程度自在に移動させることが出来たりする。

シャドウイーターも核の移動が可能だったとは知られていないが、どうやらロイは何らかの方法で核の大体の位置と移動速度を把握したらしい。

そしてそれを利用して、滅することなくシャドウイーターの身体を削っていっているようだ。

もっとも、リュゼに分かったのはそこまでで、何故何度も切り刻む必要があるのかははっきりしない。

リュゼが考えている間にも、ロイは剣を振るい続ける。

都合五回ほど攻撃を繰り返した結果、シャドウイーターの姿は黒い柱のようなものへとすっかり変わっていた。

無論シャドウイーターも何の抵抗もしなかったわけではないのだが、全てロイに阻まれて徒労に終わった。

体積を広げようとしても斬撃によって削られ、触手を伸ばしたところで諸共消し飛ばされる。

可哀想なくらいに一方的な展開だ。

しかし……それでもリュカには、まだシャドウイーターには余裕があるように思えてならなかった。

ロイの力が凄まじいのは間違いないが、未知の部分の多いAランクの魔物にしては、あまりに呆気ないと感じてしまう。

だがロイはそう感じてはいないのか、大木のごとき姿となったシャドウイーターを眺めながら、さて……と呟いた。

「お二人とも、準備はいいですか？」

ロイの確認に、リュカがゴクリと唾を呑む。

「……いつでも構わんが、ここからどうするつもりだ？　確かにアレは先ほどまでと比べて大分縮んだが、おそらくほとんどダメージは通っていないはずだ」

「そうですね、ほとんど手応えもありませんでしたし。多分アレは核以外に攻撃しても無駄なタイプだと思います」

「じゃあ、どうするのー？　核って基本的にどんな魔物でも脆いし、攻撃で弱らせるのは難しい気がするけどー」

「ええ。ですが、そういうタイプだってことは、実質的に核が本体だって考えていいと思うんですよね」

当たり前のようにも思えるロイの言葉にリュゼとリュカは小さく首を捻る。

「まあ、そうだねー。そうなる、かなー？」

「……確かに言っている通りだが……それがどうした？」

「はい。ですから――核が結果的に一定の場所から動かないのならば、お二人が必要な条件を満たせるんじゃないかと思うんですよね」

そう言いながら、先ほどまでと同様にロイが腕を振るった。

しかしその結果は僅かに異なる。

今までのロイの攻撃は、全て左右に対してのみ。左右どちらか半分が消し飛んでいた。

今度もシャドウイーターの身体が消し飛んだのは同じではあるが……下半分が消し飛んだ。

瞬間、支えを失ったシャドウイーターの残りの身体が落下を始める。

……だが、それを眺めながらリュゼは眉根を寄せる。

何故か魔法を用いずともロイの斬撃はシャドウイーターに有効で、身体を切り刻めるようだが、通常の攻撃ではダメージを与えられないのに変わりはない。

あのまま地面に落下したところで、その衝撃で目を回す、などということもあるまい。

一体何が目的なのか。

その直後、再びロイの腕が振るわれた。

今度は上半分が消し飛び……大木とすら呼べなくなったそれを見た瞬間、ふとリュゼの頭にある考えが浮かんだ。

まさか……

リュゼの予想が正しければ、確かにシャドウイーターの核は一定の場所から動いていないとも言えた。

黙って見守る二人に、ロイが説明する。

「何度か試してみて分かったんですが、アレはちゃんとこっちの攻撃パターンを理解しているみたいなんですよね。だから、こっちが交互に反対の位置を攻撃すれば、アレはそれを学習して、次に攻撃を受けるであろう身体の部位とは反対側へと核を移動させる。なら、その核の体内移動を重力による落下で相殺すれば、実質的に位置がほとんど変わらないタイミングがあるんじゃないかと思うんですけど……それでいけませんかね？」

「ちょっと……それ本気で言ってるのかなー？」

なんとも無茶苦茶なことを平然と言ってのけるロイに、リュゼは思わず息を吐き出した。

つまり、ロイはこれからシャドウイーターが落下中に上半分を消し飛ばすというのだ。

そうすれば、シャドウイーターは身体の下側にあった核を残った身体の上側へと移動させる。

しかしその間身体は落下しているわけで、結果的に核の位置が変わらない状態がしばし続く、というわけだ。

あくまで理論上の話であり、本当にそこまで上手く出来るのかという疑問はある。

というか、よくこんな方法が思い浮かんだものだ。

リュゼはロイの行動を見てもしかしたらと思っただけであって、最初のシャドウイーターの姿を見ただけではそんなことを思い付かなかっただろう。

だが……可能か不可能かで言えば、おそらくは可能だ。

それだけの力をロイが持っているということは、ここまで散々見せ付けられている。

問題があるとするならば、一つだけだ。

「……ふっ、まさかそんなことを思いつき、さらには実行に移すとはな」

リュカが呆れた様子で呟いた。

「えーと、結構いけるんじゃないかなって思うんですが……駄目ですかね？」

「……いや。いけるか否かで言うならば、いけるだろう」

「だねー。あとは、あたし達次第ってところだけどー……」

さすがにここで、出来ないとは言えない。

かなり曲芸じみてはいるが、それでもロイは自分の役目を果たそうとしているのだ。ならば、リュゼ達もそれに応えるべきだ。

「……まあ、やってみるだけだ。おそらくチャンスは一度しかあるまい」

「捕獲するには集中しなくちゃならないし、あまり長距離に効力があるものでもないからねー」

とはいえ、あまり近付きすぎてしまえば、リュゼ達がシャドウイーターからの攻撃を受ける可能性が出てくる。

ロイとは違って、リュゼ達にとってそれは死を意味する。

色々と難しい判断が求められるところだが……これでもリュゼ達は十年以上冒険者をやってきているロイの先達なのだ。

ここで引くわけにはいかなかった。

「……分かりました。じゃあ、可能なタイミングになったら言ってください。合わせますから」

ロイは当たり前のように口にする。おそらく、実際当たり前に出来るのだろう。

そんな彼が、何故Fランクなんてやっているのか、不思議でならない。彼自身それを理解した上で納得しているのか、ということも。

だが、今は考え事をしている場合ではないし、その余裕もない。

何とかしてアレを捕獲するのみだ。

隣を見るまでもなく、リュカも同じ考えだと分かっている。

あとはやるだけであった。

状況から考えれば、最善の位置はシャドウイーターが落下してくる真下である。

攻撃に晒される危険は高くはなるが、それくらいのリスクは取らねば成功させられないだろう。

そんなことを言っている間にもロイの攻撃は続いており、シャドウイーターの落下もまた続いている。

リュゼはリュカと共にそこまで移動すると、上を見上げた。

距離はまだ遠い。

先ほどまでどれほど大きかったのか……そしてロイはそんな相手の大部分を、あっさりと吹き飛ばしてしまった。

まったくもって、出鱈目（でたらめ）すぎる力である。

そんなことを思いながら、リュゼはリュカと一瞬だけ視線を交わす。一つ息を吐き出し、上方へと視線を戻すと、意識を自らの内へと向けた。

跳躍（ちょうやく）したロイにより、上空にいるシャドウイーターの身体が少しずつ削られていく。

上下だけでなく左右もで、ロイはそうしてタイミングを計（はか）っているのだと分かった。

よくそんな器用な真似が出来るものだと呆れてしまう。

……まったく、色々な意味で規格外すぎる人物である。あるいは、理不尽とすら言えるかもしれない。

そんなことを考えている間に、シャドウイーターとの距離が詰まってきた。

途中までは触手を出して抵抗しようとしていたシャドウイーターだったが、全てロイに消し飛ばされ、今や諦めたかのように大人しい。

無防備にその身体を削られながら落ちてくる。

Aランクに属するような魔物がこんなに呆気なくて良いのか？　最後の抵抗のために力を溜めているだけではないか？

一瞬、そんな迷いがリュゼの頭を掠めた。

しかし、シャドウイーターはもう少しで捕獲可能範囲内に入る。

合図をするべく、口を開きかけたその時……

「――っ⁉」

その光景を見て、リュゼは思わず息を呑んだ。

そう、何かあると予測は出来ていたのだ。

だが、その瞬間起こったことは、彼女の予想をはるかに超えるものであった。

シャドウイーターの身体から無数の触手が生え、周囲へと一斉に広がったのである。

その数は数百……いや、それどころか千を超えるかもしれない。先ほどまでとは文字通り桁が違う数の触手が展開された。

しかも、それだけの数の触手が、全てを呑み込まんと迫ってくる。

当然、それらが向かう先はロイだけに限らず、リュゼ達も含まれる。

呆然とするあまり、リュゼ達は反応すら出来ない。

いや、たとえ反応したとしても意味はなかっただろう。

数が増えたとは言っても、その一つ一つにリュゼ達の身体を粉みじんにして余りあるほどの力が秘められているのは一目瞭然だった。

直撃どころか掠っただけで命はない。防ごうなどと考えること自体が間違いだ。

無情にも、リュゼの視界の全てがその触手で埋まっていた。

最早どうすることも出来ない。

そう思い、諦め、リュゼは自らの死を受け入れる。

そこで……声が、聞こえた。

「うん、まあ、そうくるだろうね」

瞬間、自分達へと降り注ぐはずであった死の全てが消し飛んだ。

晴れ渡った視界の中には、さらに小さくなった黒い塊。

それを眺めるリュゼの耳に、続く言葉が響く。

「多分、影を移動するには、影に触れている必要があるんだろうね。つまりは、影に触れられさえすればどんな状況だって逃げることが出来るわけだけど、逆に言えばそのためにどこかに触れなければならない。だから、ギリギリまでそのための手段は隠しておくと思ったよ。影の間を移動出来るのは確かに厄介だけど、敵が一人だけの状況じゃ攻撃に利用してもあまり効果はないからね」

そんなロイの台詞を聞きながら、リュゼの視線は目の前の光景に釘付けになった。

直前までは恐怖で視線を動かせなかったわけだが、今動かせないのはそれとはまた別の理由だ。

シャドウイーターの身体が、間合いに入っている。

彼女がそう認識したのと、ソレの上半分が消し飛んだのはほぼ同時であった。

その意味するところは、わざわざ確認するまでもない。

結局のところ、彼には自分達の合図すら必要はなかったようだ。

むしろここまでくると、そもそも自分達こそが必要なかったのかもしれないとすら思える。

「……ふんっ。相も変わらず、理不尽だな」

リュカの呟きに、リュゼは口元を歪めながら同意する。

「……まったくだねー」

この世界はつくづく理不尽と不平等で出来ている。そんなことを思いながら――

「――時よ止まれ」

「お前は美しい」――

自分達の力を解放させるための言葉を口にするのであった。

第二章　ある姉弟の決断

ふとリュゼが空を見上げると、太陽が中天に昇(のぼ)っていた。

思わず息を吐き出してしまったのは、まだそんな時間だったのかと思ったからである。

てっきりもう夕刻くらいかと思っていた。

魔の大森林に入ってからそれほど時間が経っていない、ということは頭で分かっていても、身体や精神の疲労が、物凄(ものすご)く時間が経ったように感じさせるのだ。

確認するまでもなく、リュカも同じ気分だと分かる。

もっとも、おそらくロイはまるでそんな風には感じていないのだろうが。

理不尽だな、と思った。

ちょうどその時、そんな理不尽な少年が口を開いた。

「なんというか、何度見てもちょっと不思議な感じですよね……」

そう言ったロイがまじまじと見ているのは、リュカが背負(せお)っている袋であった。

一見すると何の変哲もない袋だが、中に何が入っているのかを聞けば、大半の者は逃げ出すに違いない。

その袋の中には、シャドウイーターが入っている。

無論、生きたままで、だ。

シャドウイーターの捕獲は何とか成功し、リュゼ達は帰途に就いていた。

既に魔の大森林は遠く、視線の先には辺境の街ルーメンが見えている。

そんな状況で、危険なAランクの魔物であるシャドウイーターの入っている袋を背負いながら歩くという行為は、少々不思議と言えるかもしれない。

「まあ、慣れてないとそう思うのかもねー。あたし達にとってはいつも通りだから、特に何とも思わないけどー」

「……グレンも、いつもは倒すべき魔物がすぐそばにいるのに何もしないのは変な感じがする、などと言っていたからな」

「へー、グレンさんもですか。やっぱり、かなり珍しい状況だってことなんですね。そしてそれだけ、二人の『力』も珍しい、と。事前に聞いていましたけど、僕も実際にこの目で見て驚きましたよ」

「……正直なところ、その気持ちの方が俺達には分からんがな」

「あたし達にしてみれば当たり前のことでしかないもんねー」

リュカの背負っている袋は見た目に違わずそこまで特別なものではない。シャドウイーターを中に入れておくため多少手は加えられているが、それだけだ。

袋自体に魔物を捕らえておくような効果はなく、普通であれば入れたところですぐに破られてしまうだろう。

そうなっていないのは、リュゼ達の『力』のおかげだった。

リュゼとリュカは、共にいれば近くの魔物の動きを止めることが可能なのだ。さらに動きを止めた後であれば、その状態を維持して魔物を運搬も出来る。

無論、相応に集中する必要はあるが、その力があるからこそ、こうしてシャドウイーターを袋詰めにして運べる。

今まで幾度となく魔物を捕獲してきたのも、その力のおかげだ。

魔法のようなものと言えなくもないが、正確ではない。魔法の中には二人の力と似た効果のものはあるが、リュゼ達は魔法的な素養があるわけではないからだ。

リュゼ達に出来るのは魔物の動きを止めることだけであり、それ以上でもそれ以下でもない。

そしてそれは、リュゼ達にしてみれば不思議でも何でもなかった。

気が付いた時には使えるようになっていた力であり、むしろ他の人達が出来ないのが不思議なくらいであった。

実際、昔は他の人達も同じ力を持っていると思っていたため、話が噛み合わず、他人に変な顔をされたものである。

「……生まれついての先天的技能でしょうか？」

首を捻るロイに、リュゼとリュカも明確な答えは持ち合わせていなかった。

「んー、どうなんだろうねー。本当にいつの間にか、当たり前のように使えたしー」

「……そうだな。だが、身につける努力をした覚えがない以上、生まれつき使えた、ということなのかもしれん」

その力を初めて使ったのは、リュゼ達が生まれ故郷の小さな村に住んでいた頃のことであった。

厳密に言えば、リュゼ達が動きを止められる対象は魔物だけには限らない。

彼女達が最初にそれを使った相手は野生動物だった。

ふと、リュゼは子供の頃のことを振り返る。

彼女達が生まれ育ったのは、何もない辺鄙な場所にある村で、村の子供達は近くにある山でちょくちょく遊んでいた。

ある時、リュゼ達は不運にも猪と遭遇してしまった。

縄張りに足を踏み入れてしまったのか、酷く興奮した様子であり、一緒にいた子供達が怯えていたのを、リュゼはよく覚えている。

何故怯える必要があるのだろうかと、不思議に思った記憶と共に。

リュゼ達の力を発動させるために必要な時間は、常に一秒というわけではなく、相手によってある程度前後する。動物相手ならば極一瞬で済む。

単調な動きで向かってくる相手は、むしろカモでしかない。だからこそ、彼女達には他の子供達が何故怯えているのか分からなかった。

そんなリュゼ達の様子が気に食わなかったのか、猪は一直線に突進してきて——彼女達はあっさりとその動きを止めた。

もっとも、動きを止められるというだけで、相手を倒せるわけではないし、一緒にいた子供達の手を借りてもそれは難しかっただろう。

そのため、どうして彼らが驚くのか不思議に思いながらも、村の大人達を連れてきてもらい、猪を処理した。その結果猪はその日の御馳走へと変わった。

他の人には自分達と同じ力がないと知ったのは、その時のことだ。

「あの時は皆、驚いてたよねー」

「……喜んでもいたがな。これでこれからは、肉も食える、と」

「あー、そうだねー。多分割合的にはそっちの方が大きかったかなー。一応名目上は、害獣を追い払うのが主目的だったんだけどー。まあ、一応そっちもそっちで困ってたのは確かだよねー」

リュゼ達の話を聞いて、ロイは顔をしかめた。

「害獣退治の役目を任された、ということですか？　確かに、聞いた通りならその当時でも問題なく出来たのかもしれませんが……」

普通に考えれば、いくら能力があるからといって、まだ一桁の年齢の子供に害獣退治などさせないだろう。

小さく寂れた村で、腕の立つ狩人もおらず、それまで害獣を追い払うことすら満足に出来ない環境だったとしてもだ。

とはいえ、当時のリュゼ達は、それを不満には思わなかった。

まだ小さな子供だからといって、四六時中遊んでいられるほど裕福な村ではない。子供であっても食うために働く必要があると理解していた。

それに、害獣など常に来るわけではないし、来たからといって二人にとっては脅威でも何でもない。

むしろ害獣を捕らえた時には、一番多くの部位を切り分けてもらえたし、それを両親も喜んでくれたのだから、どちらかと言えば得ですらあった。

「んー、まあ、本人達が納得の上だったのなら、僕がとやかく言うことではないんでしょうが……それでも、ちょっと理不尽なような……」

「……ふっ、理不尽、か」

そう言って口元を歪めたリュカのことを、ロイは不思議そうに眺め、首を傾げた。

リュカがどうしてそんな反応をするのか、ロイには分かるまい。

もちろん、リュゼは理解していた。

もっとも、二人は互いの考えていることが手に取るように分かる――いや、文字通り思考を読めると言ってもいいかもしれない――ので、理解していて当然だった。

それもまた、気が付いたらそうであった能力の一つである。

双子であるせいなのかは分からないが、近くにいれば互いに何を考えているのかはほぼ筒抜けだし、離れた場所にいても、漠然と相手の思考が分かる。

もしかしたら、魔物の動きを止める力も、そういったことが関係しているのかもしれない。

実際リュゼの口元もリュカと同じように歪んでいる。

「……その程度、理不尽には含まれない。いや……あるいは含まれたところで、些細（ささい）なことだろうよ」

「まあ、だよねー。理不尽なんて、そこら中に転がってるものだしー」

この言葉はリュカとリュゼの本心からのものだ。

理不尽なんて、本当にいつだってどこにだって転がっている。

それこそ、今目の前にも〝それ〟はある。

ロイの振るう、圧倒的なまでの力――これが理不尽でなくて、一体何だというのか。

もっとも、別にそれが悪いと言っているわけではない。良（よ）し悪（あ）しは関係なく、確かにそれは理不尽だというだけの話だ。

リュカは自嘲しながら続ける。

「……そもそも、その後の俺達のことを考えれば、あの程度は可愛いものだ」

リュゼにはリュカがこれから何を話そうとしているか分かっていたが、口を挟（はさ）まずに黙って耳を傾（かたむ）けた。

リュカが言った通り、これまでの人生を考えたら、子供の頃の害獣退治など、ほとんど平穏と変わらない。

実際、二人にとっては苦でもなかった。

しかし、そうも言っていられなくなったのは、リュゼ達が十になったばかりの頃。

村に一匹の獣のようなモノが現れた。

外見は猪に近かったが、それはれっきとした魔物だった。

とはいえ、Fランクの弱い魔物である。

普通の街ならば護衛の兵士が退治しただろうし、そういった者がいない村でも腕に覚えのある大人が数人力を合わせて倒しただろう。

Fランクの魔物というのは、その程度の存在なのだ。

だが、リュゼ達が生まれた村では、そんな魔物すら脅威であった。村人総出で相手をして、何とか追い出せるかどうか……

ただ、リュゼ達だけは違った。

その魔物を目にした瞬間、自分達ならば問題ないと確信した。

低ランクのものならば、特殊な攻撃手段は持っておらず、普段相手をしている害獣達とほぼ変わらぬ動きしかしない。

もっとも、動きの速さや皮膚の硬さが普通の獣とはまるで異なるからこそ魔物と呼ばれているのだが、そんなことはリュゼ達には関係ない。

数年の間に、リュゼ達はすっかり猪の動きに慣れていた。

多少動きが速かろうと何とかなると、自信があったのである。

だから、悲壮な決意を固めようとしている村人達を横目に、二人は魔物の前に立った。

そのまま魔物を引き付け、大木のある場所にまでおびき寄せる。

あとはタイミングを合わせて、魔物の突進を避けるだけ。

目標を見失った猪の魔物は勢いそのまま大木に頭から突っ込む。根元からミシミシと嫌な音が聞こえてきたが、大木は何とか耐えてくれた。

頑丈な魔物は、怪我どころか目を回すことすらしなかったが、リュゼ達には何の問題もない。

一瞬魔物が停止しただけで十分だった。

いつもと同じように相手の動きを止めて、それで終わりだ。

今日はいつもとは少し変わった害獣を相手にしただけ——少なくともリュゼ達にとってはその程度のことだった。

しかし、村人達にとってみれば、そうではなかったらしい。

獣だけでなく、魔物の動きすらも止めてしまう二人に向けられていた目に含まれていたのは、いつもの感謝と喜びではなかった。

――魔物に向けられていたのと同じ、嫌悪と恐怖。

その瞬間から、リュゼとリュカは同じ人間とは見做されなくなった。

それでも、多分二人がそのまま村にいることは可能であった。

何だかんだ言っても、村人達にとってリュゼ達の存在は有益だ。彼らとて、追い出したら自分達が困るのが分からないほど愚かではない。だからといって一度抱いた恐怖を抑え込めるかどうかは別の話だ。

別に、リュゼ達は村人から何かをされたわけではない。

言われたわけでもない。

でも、世話になった大人達から、一緒に遊んだ子供達から、共に暮らす両親から、化け物を見るような目で見られて平気でいられるほど、二人の心は強くなかった。

だから、村を出ることを決めた。

理不尽だと少しも思わなかったと言えば嘘になる。

だが、その時にはまだ楽しみにも思っていた。これからどうなるのだろうかと、不安よりも期待の方が大きかったのである。

そうして生まれ育った村を出て、一番近い街へ辿り着いたリュゼ達は、そこで冒険者になることを選んだ。

追い出されるように村を出てきたリュゼ達になれるものはそのくらいしかなかったとも言うが、別に嫌々だったというわけではない。

自分達の責任で全てを決め、何をするにも自由な冒険者という職業は、小さな村での生活しか知らなかったリュゼ達の目には魅力的に映った。

そうして始まった冒険者生活は、悪いものではなかった――いや、思った以上に楽しかったと言うべきかもしれない。

人は様々な理由で冒険者になるが、中でも元々農業を営んでいた者やその家族が止むに止まれずになるケースは多い。

そのため、一通りの収穫が終わった後、冬になる前の時期には、毎年冒険者が一気に増える傾向がある。

不作の年などは、このままでは冬を越せないということで、食い扶持にあぶれた分が村を出て、あるいは捨てられて、その大半が冒険者になるのだ。

奇しくも、リュゼ達が冒険者となったのも、その時期だった。

そのため、同期の冒険者は多く、幸いにも人の好い者達とパーティーを組んで、冒険者生活は順調なスタートを切った。

リュゼ達は今も昔も変わらず、魔物の動きを止める以外のことは出来ない。逆に言えば、その点においては役立てる。

これは、駆け出しの冒険者にとっては大きなメリットだった。

魔物との戦いというものは、基本的には泥臭いものである。低ランクの冒険者には戦闘のための訓練を受けた経験のある者などほとんどいない。

敵の攻撃をかわしながら一撃で倒すなどというスマートな戦い方が出来るわけがない。

基本は泥臭く、野蛮で、殴り殴られの繰り返し。

経験を積み重ねランクが上がっていった冒険者ならば別ではあるが、Dランク以下の冒険者などそんなものだ。

だからこそ、リュゼ達は輝いた。

リュゼ達が力を使えば、魔物を一方的に殴り続けられるからだ。

もちろんそのためにはまず相手の魔物を足止めする必要があったが、どの道足を止めて正面から殴り合うので、やることは変わらない。

そんな状況で、二人が歓迎されないわけがなかった。

リュゼ達のパーティーはそのまま順調に依頼をこなしていき、半年ほどで全員がEランクに昇格した。

Fから E に上がるのに平均して一年かかるとされているので、順調も順調と言える。

本当に嬉しくて、楽しくて……多分これが、リュゼ達の冒険者生活の中で、最も幸せな時期であっただろう。

そして……そんな幸せの終わりは、唐突に訪れる。

リュゼ達は六人パーティーであったが、リュゼとリュカを除いた四人が他のパーティーに引き抜かれたのだ。

これはよくあることであったし、仕方のないことでもあった。

ランクが上がる時期というのは、他の冒険者から最も注目を浴びるタイミングだ。

しかも、平均を超える速度でEランクに上がった有望な新人冒険者であれば、自分達の仲間に加えたいと考える者がいるのは、当然だろう。

引き抜かれていった四人を責めることは出来ない。

確かに、良いパーティーだったが、所詮は新人冒険者の集まり。足りない部分は多い。

最も足りないのは経験と知識であった。

平均を超える速さで昇格したものの、あるいはだからこそ、リュゼ達はこのままでは自分達はどこかで頭打ちになってしまうと分かっていた。

リュゼとリュカ以外の四人は成人したばかりの若者で、向上心があって上昇志向もあった。

上のランクを目指すなら、今のパーティーにこだわるよりも他のパーティーへ行った方がいいと、冷静に考えて結論を下したらしい。

それは正しい決断だと、リュゼ達は今も思っている。

少なくとも彼ら四人には、才能があった。それは共に戦っていたリュゼ達が一番よく分かっていた。

また、彼らにも自覚があったからこそ、引き抜きに応じたのだろう。

しかし、そんな有望なパーティーの一員だったにもかかわらず、リュゼ達姉弟には一切声がかからなかった。

傍目（はため）にはリュゼ達は、何もしていない寄生冒険者にしか見えなかったからだ。そんな〝お荷物〟を好き好んで拾うパーティーはなかった。

こうしてリュゼ達のパーティーは解散したのである。

四人と会ったのはそれが最後だった。

しかし、どんなに理不尽でもリュゼ達の生活は続いていく。

パーティーが解散しようとも、結果的にＥランクに上がれたことに変わりないが、以後の冒険者生活は順調とは程遠いものになった。

寄生するだけの冒険者だという認識が広がってしまったのが大きい。

そして、ある意味ではその通りなのが困ったところではあった。

確かに魔物の動きを止めることは出来る。だがそのためのお膳立てや、その後のことまで、全て他の人達にやってもらう必要があるのだ。

パーティーメンバーに不公平感を抱かれても仕方ない。

それに、新人冒険者同士ならばともかく、Eランクに上がった冒険者に、魔物の動きを止められるなどという話を素直に信じてくれる純粋な者は残っていなかった。

奇跡的に残っていたとしても、そういった心根の良い者は既にパーティーに所属している場合がほとんどだ。

でなければ、とっくに狡猾な先輩冒険者達の食い物にされているだろう。

結局、リュゼ達が誰かと新しくパーティーを組むことはなかった。

それからしばらくの間、二人は採集依頼などの簡単な依頼だけを請け負う羽目になった。

本来ならばFランクの冒険者がやるような依頼ばかりであったが、それ以外に出来るものがなかったからだ。

Fランクの魔物相手ならば、二人だけでも動きを止められるだろうが、そこで詰む。

リュゼ達の力は、攻撃を加えようとすると解除されてしまうからだ。

かつて害獣退治をしていた時に、その状態のまま運ぶことが可能だと分かっていたものの、魔物でそれをやればどうなるか理解出来ないほどリュゼ達は無知ではなかった。

生きたまま魔物を街に連れ込めば、確実に怪しい存在だとして捕まる……いや、殺されてもおかしくはない。

そもそも運んだところでどうするというのか。その時のリュゼ達は、この力に意味を見い出してくれる人がいるとは知らなかった。

かといって依頼を受けなければ飢えて死ぬだけなので、細々とした依頼をこなしていくしかなかった。

Eランクに上がったというのに、Fランクと変わらぬ依頼をこなしながら、一日一日を何とか凌いでいく。

本当に最低限の生活だった。

しかし、元々リュゼ達は小さな寂れた村の生まれで、貧しい暮らしには慣れっこだったので、問題はなかった。

そんな日々の中で、リュゼ達が運び屋というものに関する話を耳にする。

すぐに運び屋を始めなかったのは、それが気に入らなかったのではなく、単純に自分達がやるには、信用が足りていなかったからだ。

一度ついてしまった汚名はなかなか消えないらしく、しばらく経っても、リュゼ達は寄生冒険者という目で見られていた。

それに、二人は下のランクの依頼を地道にコツコツとやっていたつもりでも、Fランクの冒険者からすれば上のランクの者が自分達向けの依頼を荒らしているようにしか見えない。

また、同ランク以上の冒険者からすれば、Fランク向けの依頼ばかり受けるような者が何故Eランクになっているのかという目で見られる。

理不尽と言えば理不尽だが、リュゼ達の特殊性を考えれば仕方ないことだ。

そんな状況で運び屋をやったところで、依頼を出してくれる冒険者などいるわけがなかった。

しかし、周りからどんなに陰口を叩かれようとも、自分達の出来る依頼をこなし、金を稼がなければ生きていけない。

そんな生活が、数年ほど続いた。

さすがに寄生冒険者と言われることはもうなくなっていたものの、他の冒険者から向けられる目は冷たいままだった。

何年も冒険者をやっているというのに、いつまで経ってもFランク向けの採集依頼ばかりをやっているのだ。当然ではあるが……

それでも、コツコツやっていた甲斐はあったと言うべきか、ある日、リュゼ達は一人の冒険者に声をかけられた。

橙色の髪と同色の瞳を持つ、自分達よりも何歳か年上だろうと思える女性。当時Dランク冒険者だった〝アニエス〟であった。

どうやら彼女は魔法を使えるようであり、その関係で自分達に興味を持ったらしい。

リュゼ達が魔物の動きを止められるということは、その街のギルドであればよく知られている話であった。

周囲には採集依頼しか受けない言い訳のための出鱈目だと思われていたようではあるが、依頼を受けて他の街からやってきたというその女性は、むしろこの噂に興味を示したのだ。

とはいえ、いくら格上のDランク冒険者に頼まれても、リュゼ達は見世物のようにほいほいと自分達の力を見せるつもりはなかった。

二人は底辺の冒険者ではあったが、プライドまで捨てたわけではない。

しかし、結局リュゼ達は彼女に自分達の力を見せることにした。

それは、彼女からこう言われたからだ。

――もしもその力が本当ならば、あなた達にしか出来ないことがあるかもしれないわよ。

それがただの親切心からだったのか、あるいは当時から既にある程度〝計画〟の草案が浮かんでいたのか……それは分からない。

今となっては確かめようもない。

確かなのは、この女性の登場によってリュゼ達の生活がガラッと変わったということである。

リュゼ達の力が本物だと確認した女性は、そのままギルドに報告を上げ、二人に〝ある提案〟をした。

それが、リュゼ達の力を利用して、魔物を捕獲するということ。

もっとも、本来であればその女性の提案がギルドに聞き入れられる可能性は低かった。

リュゼ達よりも上とはいえ、所詮はDランク――一人前と呼ぶべきCランクにすら至っていない木っ端冒険者の一人だ。

だが、結果的にその提案は受け入れられ、ギルドからリュゼ達に魔物捕獲の依頼が委託された。

ギルドにとっても有益だったのと……彼女がCランクに昇格間近な、新進気鋭の冒険者パーティーの一員であったのが理由だろう。

ともあれ、そうしてリュゼ達は運び屋を始めたのだ。

とはいえ、最初に彼女達のパーティーが受けてくれて以来、二件目の依頼には恵まれず、しばらくの間は変わらず採集依頼を続ける羽目になった。

最初の依頼で成果を出したおかげで、二人はギルドに認めてもらえたものの……同時に、余所の街から来たパーティーの依頼を受けたせいで他の冒険者の反感を買ってしまった。

理不尽ではあったが、文句を言ったところでどうにかなるものでもない。

リュゼ達に出来るのはただ待つことのみ。

……そんなある日、二人に突然転機が訪れる。

二人が出した魔物捕獲依頼が、暇を持て余していた物好きなBランクパーティーの目に留まったのだ。

多くの冒険者がCランクで頭打ちになる中、Bランクへと至れるのは一部の才ある者か、果てしない努力を積み重ねた者だけである。

当然、彼らは冒険者の中では一目置かれる存在になる。

そんなBランク冒険者が、リュゼ達がギルドから委託されたという怪しげな依頼を受けた。

これが成功したことによって、二人はさらに注目を集めるようになった。

リュゼ達は他の運び屋とは異なり、ギルドから頼まれた依頼を冒険者達に出している。ギルドのお墨付きなのに受ける者が現れなかったというあたり、どれだけリュゼ達が信用されていなかったのか、というのが分かるというものだ。

……ともあれ、一度信用出来ると分かれば、二人の依頼を受けようとする者は後を絶たなかった。

元がギルドからの依頼ということで確かなものであり、報酬も悪くない。

そしてその上、難易度も高くはなかった。

魔物を討伐するのではなく捕獲するとなると、普段とは勝手が違うだろうが、冒険者達がやるのは足止めだけなので、そう難しくはない。

何より、捕獲対象の魔物は、大半の場合依頼のランクよりも低いランクの魔物であった。

Cランクの依頼ならば同等のCランクの魔物を相手にするのが基本だが、リュゼ達の場合は、Cランクの依頼でありながらDランクの魔物を相手にするようなものばかりだった。

これは単純に冒険者の実力を考えた結果である。

ランクが上がれば冒険者の戦闘技術は向上するが、余裕を持ってスマートに戦うことが出来るのは格下を相手にした場合だ。

同格以上が相手だと、どうしたって戦い方は泥臭くなってしまう。上手く足止め出来るか分からないし、何よりもリュゼ達が巻き込まれる可能性が高くなる。

そしてそうなった場合、確実にリュゼ達は死ぬだろう。

そのため、対象となる魔物のランクは低く設定していたのだ。それでも、捕獲が成功するのは一割程度であったが。

ギルドが捕獲を依頼してくる魔物は、生態がよく分かっていない魔物であることが多いため、どうしたって不測の事態に出くわす。

それに、冒険者は全力で魔物と戦って倒すのが基本なので、手加減をするのに慣れていない。足止めでなく、勢い余ってそのまま倒してしまうことも多々あった。

もっとも、冒険者が捕獲に不慣れなのはギルドの方も理解しているため、魔物を討伐してしまった場合でもその分の報酬は出る。

捕獲に成功すれば追加で元の倍程度の報酬がもらえる仕組みだ。

この条件でやりたくないと言うものはいないだろう。

ただ、最初の頃こそ来る者拒まずといった感じで色々な冒険者と組んでいたリュゼ達だが、それでは困るということが分かった。

一緒に依頼を受けるようになって初めて、その性質の悪さを理解したのである。

上手く魔物の動きを止められないのはまだしも、特に困ったのは、わざと魔物を倒して捕獲を失敗させる者達がいたことだった。

邪魔をする連中にしてみれば、魔物を倒しても依頼は成功扱いで、ランク相応の報酬は貰える（もら）し、リュゼ達に嫌がらせは出来るしと、良いことずくめだ。

慣れないからつい——などと形だけの謝罪はするものの、彼らの口元は蔑むように歪んでいた。

彼らにしてみれば一人前のCランクにすら至っていないリュゼ達が、ギルドから直接依頼を受けているのが面白くなかったらしい。

普通ならギルドの直接依頼を受けることが出来るのは、緊急依頼を除けばBランク以上である。

彼らからすればリュゼ達の存在は目障り（めざわ）りでしかなく、リュゼ達は運が良かっただけだと言いたかったに違いない。

並以下の能力しかないくせに、偶然（ぐうぜん）ギルドの求めるものに適した力を持っていただけで、ギルドに厚遇（こうぐう）されている、と。

確かにそれは事実で、リュゼ達も否定はしない。

だからといって、わざと邪魔されたり、陰口を叩かれたりしなければならない道理はないはずだ。

理不尽以外の何物でもない。

一応依頼のたびにリュゼ達にも報酬は入るが、それで問題ないと言えるほど二人は楽天的ではなかった。

捕獲失敗が続けば、ギルドから自分達が切られるだけである。

ギルドだって、いつまでも成果が出ない冒険者に依頼を出すほど、甘い組織ではないのだ。

むしろその辺はかなりシビアで、実際プレッシャーもかけられていた。

冒険者達がわざと捕獲を失敗させていたことくらい、ギルド側でも把握していただろうに、その辺の事情は考慮（こうりょ）されない。

冒険者は、全てが自己責任だ。

だからこそ、ギルドから依頼を受けていようとも、その結果による責任はリュゼ達が負うべきものだった。

となれば、リュゼ達自身で依頼を成功させる方法を考えなければならない。

そこで二人は、二番目に依頼を受けてくれたＢランクのパーティーを始めとした、真面目に依頼に取り組んでくれる一部の冒険者達に協力を求めた。

彼らか、彼らから紹介のあった冒険者に対してしか依頼を出さないようにしたのだ。

もちろん批判はあったし、陰口も増えた。

だが、二人はその全てを無視してたんたんと仕事をこなした。

リュゼ達とて聖人君子（せいじんくんし）ではないのだ。自分達を蔑み、足を引っ張ってくる連中のために金を稼がせてやるつもりはなかった。

しかしその甲斐あって、何とか運び屋の仕事は軌道（きどう）に乗り……現在へと至る。

順風満帆（じゅんぷうまんぱん）とは程遠く、むしろ理不尽ばかりの道のりであった。

いや……今も、そしておそらくこれからもそうだろう。

「……別に、不幸だと言いたいわけではない。むしろ、どちらかと言えば俺達は幸運ですらあると思う」
自分達の冒険者生活について語り終えたリュカが小さく口元を歪めた。
「結局、こうして生きていられるわけだしねー」
だが、リュゼ達がそんなことを言っていられるのは、まだ〝本当の理不尽〟に遭遇していないからだ。

本当の理不尽というものは、ある日唐突に、どうしようもない形でやってくる。

たとえば、リュゼ達などより余程才能があった者達が、新しいパーティーを組んだ一週間後に、呆気なく死んでしまったように。

そんな理不尽もまた、この世には溢れている。

しかし――

「……長々と無駄に身の上話をしてしまったな。だが、言ったように俺達は自分達のことを不幸だと思ってはいない。この程度は世の中にありふれているからな」

「本当にねー……ありふれているからって、それを受け入れられるかはまた別の問題だと思うけどー」

二人の話を聞いたロイは、結局何が言いたいのだろうかと首を傾げる。

「まあ、それは確かにそうでしょうが……」

リュカは一つ溜息をつき、少しの間を空(あ)けてから再び口を開く。

少しの緊張と共に、リュゼは黙ってその言葉に耳を傾けた。

「この世界は間違っている……以前、〝ある人物〟からそんなことを言われた」

ロイは怪訝(けげん)そうな顔をした後、少し躊躇(ためら)いながらも尋ねた。

「……それは正しい、と？」

「……さてな。さすがにそこまで言うつもりはない。だが……完全に誤りだとも思えん」

「だって……この世界には、理不尽がありふれているもんねー。それと……その人は、こんなことも、言ってたよー。なら、この世界は壊れるべきじゃないかってさー……君はその辺、どう思うかなー？」

ようやく言いたいことを言葉にして、リュゼ達は大きく息を吐いた。

長々と身の上話を聞かせたのは、このためだった。

初対面の相手に突然こんな質問をされても、まともに相手にすらされないだろう。

それを少しでも和らげ、ロイの本音を聞き出すには自分達もさらけ出す必要がある。

今の話にどれほど共感してくれたのかは分からないが、もしロイもこれまでの人生で理不尽な目に遭っているなら、何か思うところがあるはずだ。

少なくとも頭ごなしに否定せずに話を聞いてもらえるだけで十分だった。

あまりに性急すぎるし、本当はもっと時間をかけて関係を築き、説得に当たるべきだと、リュゼ達自身も分かっている。

だが、二人には時間がなかった。

今日魔の大森林に足を踏み入れてみて、既に一刻の猶予もないということが身に染みて理解出来たのだ。

本来そこに棲息しているはずの魔物ではなく、いるはずのないシャドウイーターのような魔物と遭遇する。

魔の大森林はこれ以上ないほど異常であった。

ギルドがあそこを立ち入り禁止にしたのも、それを理解していたからなのかもしれない。

もっとも、リュゼ達がロイにこの話をしようと決断した決定的な理由は、彼の力を目の当たりにしたからだ。

理不尽とは、生半可なことではどうしようも出来ないからこそ、理不尽なのである。

だが、ならば……その理不尽を上回る理不尽をぶつけたら、果たしてどうなるだろうか。

彼ならば、この理不尽に満ちた世界を終わらせてくれるのではないかと、そう感じたのだ。

そんなことを思いながら、リュゼ達が視線を向けた先で、ロイは何とも言えない表情で首を傾げていた。

「んー……いきなり世界が間違っているとか言われても、漠然としすぎて何とも答えられませんね……」

日常に不満を抱いている者は多いだろうが、だからといって、いきなり世界は間違っている、壊れるべきだという話に賛同してきたら、むしろその方が驚きだ。

ロイの答えを予想出来ていたリュカは、躊躇なく続ける。

「……確かにな。ならば、もう少し身近な話をしようか。冒険者ギルド――アレのことをどう思っている？」

「どう思っているかと言われましても……僕は冒険者になったばかりですから……」

ロイは再び首を傾げる。

そもそも冒険者になったばかりの彼は、自分が属している組織のこともよく分かっていないのだ。

「……ああ、そうかもしれん。だが、それでもお前には理解出来るはずだ。冒険者ギルドは、間違っている、とな。他でもないお前ならば……」

「うん、そうだねー。未だにFランクの冒険者である君だからこそ、分かるはずだよー」

「未だにFランクって……冒険者になってまだ一ヵ月も経っていないんですから、それが普通ですよね？」

リュカとリュゼの言葉がピンと来ないロイは、率直に聞き返した。

「……そうだな、それが普通だ。普通ならば、だがな」

確かに、FからEに上がるのは平均して一年ほどかかる。半年で昇格したリュゼ達でさえ注目を集めたのである。

一ヵ月も経たないロイのランクが上がっていなくても不思議ではない。

だがあくまでそれは、〝普通ならば〟の話であった。

「冒険者のランクっていうのは、基本的にギルドが決めるものだからねー。要するに、ギルドが相応しいって思えば、前歴も受けた依頼の数も関係なく、上のランクになるのを認められるってことでもあるんだよねー」

「……お前がいくつかの依頼を達成しているという話は聞いている。あの街ではＦランクの冒険者は珍しいからな。自然と噂にもなる」

「その依頼が、本来ならＦランクに相応しくないものだってこともねー」

「……冒険者に対して正当な評価を与えるのは、ギルドの義務だ。あるいは、そこに何か理由があり、そのせいで昇格させないようにしているのかもしれん。だが、俺達には関係ない。俺達にそんなものを押し付けるのならば……それこそ理不尽というものだろう」

「んー……正直僕としては特に困ってないので、問題ないんですが……」

実にロイらしい答えに、リュカが苦笑する。

「……困っていなければ、理不尽が許されるというわけではあるまい」

「それにまあ、ぶっちゃけちゃうと、別に君のためを思って言ってるわけじゃないんだよねー。むしろ、あたし達のためってところかなー。あたし達も君と〝同じ〟だからねー」

「同じ、ですか……？」

「……ああ。経過した月日は異なるが、俺達もまた正当な評価を受けられていない冒険者だからな」

そう言うと自意識過剰にも聞こえそうだが、これは事実だ。

少なくともリュゼ達はそうだと確信している。

「あたし達が冒険者になってから、もう十年が経つっていうのに、あたし達は未だにDランクのままだからねー」

「……さっき語って聞かせたように、その間、俺達なりに頑張ってきたつもりだ。成果に関しても、少なくともここ数年は十二分に出しているはずだ」

「だけど、結果はご覧の有様、ってねー。Cに上がれる気配すらないしー」

そう言って、リュゼは肩をすくめた。

そんな二人に、ロイは躊躇いながらも自分の意見を口にする。

「……こう言ってしまってはなんですが、冒険者ランクがすぐに上がらないのは、別にそれほど珍しくないのでは？」

「……そうだな、確かにCランクになるのに必要な年数は、平均で十年と言われている。俺達も、そう聞いた」

そこから考えれば、リュゼ達が未だDランクなのは決しておかしなことではない。

中には十年どころか二十年以上Dランクのまま冒険者をやっている者だっているのだ。

しかし——と、リュゼが続ける。

「……実際問題として、あたし達と大体同じ時期に冒険者になった人達は、あたし達以外の全員がとっくにCランクに上がってるんだよねー。まあ、もちろん死んじゃった人は除くけどー。しかも、一人はAランクにまで昇格してるしー」

「……俺達がただ頑張っていると主張しているだけで、何の成果も上げていないのであれば、納得しよう。だが、先ほども言ったように、十分な貢献は果たしているはずだ」

「うん。だってあたし達は、ギルドから直接依頼されて、何度も達成しているんだからねー。これで貢献が足りてないっていうのは、ちょっとないんじゃないかなー。だけど、それでもあたし達は、Dランクのまま。信用しているとか、期待しているとか、どれだけ言われても、Cランクにすら上がれていないのが、あたし達の現状なんだよねー」

Fランクに不相応なほど高度な依頼を達成したロイ、長年ギルドに求められ、その期待に応え続けてきたリュゼ達——どちらもギルドから正当な評価を受けられていないという意味では同じだ。

少なくとも、リュゼにはそうとしか思えなかった。

ようやくリュゼ達が抱える不満の何たるかを理解したロイだったが、納得はしていない様子だ。

「んー……まあ僕もさすがに冒険者ギルドが清廉潔白な組織だとは最初から考えてはいません。それでも、ギルドがわざわざ誰かのランクを上げないままにしておくメリットは乏しい気がするんですが……確か、運び屋をやることで得られる報酬は、Dランクにしては破格なんですよね？」

「……ああ、それは認める。だが逆に言うならば、金が多くもらえるだけでしかない」

「まあ、こんなこと言っちゃうと他のDランクの人達とかから怒られるかもしれないけどさー……でも、事実だしねー。Dランクだからこそ、あたし達は未だにまともに〝人扱い〟されていないわけだしさー」

冒険者ギルドは、国や街などに属さない独立した機関だ。

そして、冒険者もまた、国や街に属していない。だからこそ、冒険者はある程度自由に国や街を行き来できる。

しかし、一つ問題があった。

国や街に属していない以上、冒険者は市民や国民とみなされない……極端な言い方をすれば、人として認められないのである。

ある意味、奴隷などと同じ……いや、下手をすればそれ以下か。

市民権がないので、自由や権利を主張する後ろ盾がなく、簡単に生命や財産を脅かされてしまう。何かを奪われたところで、誰かが守ってくれるわけでもない。

これは法で決められているため、冒険者にはどうしようもないことだった。

ただ、そんな冒険者でも一般市民と同等の権利を得る方法はある。

それが、Ｃランクへの昇格だ。

ギルドに税を払わなければならなくなるが、その分扱いがよくなることを考えれば、必要経費といったところだろう。

だからまともな冒険者はまず〝一人前〟のＣランクを目指す。

そしてリュゼ達は、そんな境のランクに留め置かれたまま、上がれる気配すらないのである。

リュカは自嘲気味に言う。

「きっとギルドからすれば、俺達は使い勝手の良い駒だろう。Ｄランク以下ならばどう扱おうとも問題ない。いざとなればギルドの一存で簡単に切り捨てられる。意図的にそのままにしておく利点があると思わないか？」

「ふーむ……考えすぎじゃないですか？」

「かもしれないけどねー。でも、少なくともギルドが理不尽だってことは、冒険者なら誰だって賛同すると思うよー。君は冒険者になったばかりで、ギルドのことをよく知らないから、そうやって庇いたくなる気持ちも分かるけどさー」

「……それこそ、あのグレンさえ、そこに異論はないだろうよ」

今でこそギルドの方が頭を下げて色々と頼むほどの立場のグレンではあるが、彼がそこに至るまでには色々な苦労があったはずだ。

むしろギルドの〝手のひら返し〟を目の当たりにしているからこそ、より理不尽さを感じているかもしれない。

「……僕がギルドのことをよく分かっていないのは事実だと思います。それでも、理不尽というのは少し違う気がするんですよね……いえ、皆さんがそう感じるのを否定したいわけではないんですが……あくまでも僕の受けた印象だと、ギルドは平等ではないけど公平だとは思うんです」

ロイの言葉に、リュカが目を細める。

「……ほう。平等ではないが、公平、か」

「公平……公平ねー……そう思えるようなことを、君はギルドからしてもらったのかなー？」

「まあ、丁寧な対応はしてもらったとは思います。ただ、どちらかと言えば、そうですね……そう思えるものを見た、といったところですかね」

ロイは誰かのことを思い浮かべているのか、少しだけ遠い目をした。少なくともその姿は、出鱈目を言っているようには見えない。

それでも、リュゼ達は素直に頷くわけにはいかなかった。

ロイには何か根拠があるのかもしれないが、自分達だって十年間冒険者として生活した経験を根拠にしての言葉なのだから。

リュゼは少し間を空けてからロイに問う。

「……公平ってことは、あたし達がＣランクに上がれないのは、あたし達に責任があるって言いたいのかなー？」

「それは……いえ、まあ、つまりはそういうことになってしまいますが」

リュカは顔色を変えずにロイの言葉を受け止めた。

「……ふむ。言ったように、十分な成果は上げているはずだが？」

「そこは疑ってはいないんです。だから、むしろ……それ以外に何か足りないものがあるんじゃないでしょうか？　確か、冒険者のランクは〝それに相応しい〟とギルドが判断したら上がるんですよね？」

「それはその通りよー。でも、だったら、それこそあたし達は十分に条件を満たしているはずじゃない？」

成果はあるし、ギルドから直接依頼をされている時点で信頼だって十分に得られているだろう。

もう一つ浮かぶものは……

「武勇不足……か？　それならば確かにある意味納得は出来るが……」

「結局それってあたし達にとっては理不尽であることに変わりないよねー。だって、本当にどれだけ頑張ったところで、どうしようもないんだからさー」

「ああいえ、武勇に関しては、多分関係ないと思います。いえ、ほぼ間違いなく、ですかね」

「……何故そう言い切れる？」

「冒険者って一言で言っても、色々な役割があると思うんですよね。たとえば、斥候役の人なんかは、戦闘能力なんかよりも余程重要視すべきものがありますよね？　武勇だけがランクに関係しているとなると、そういう人はいつまで経ってもランクが上がらないはずです。でも、それはさすがにないと思うんです」

「まあ……確かにねー」

そんな噂など聞かないし、何よりもパーティーの中で斥候役をメインにする者がいるのは珍しくはない。

そういった者は、斥候をより確実に行えるよう索敵や潜伏技術などを中心に鍛えており、戦闘技術に関してはそれを専門とするメンバーよりもはるかに劣る場合がほとんどだ。

フルールのように戦闘能力の高い者もいるにはいるが、あくまで例外である。

ロイが言った通り、武勇は関係なく他の何かでも判断されているということなのか……それとも、やはりリュゼ達だけが理不尽な目に遭っているだけなのか。

リュカが唸る。

「……ふむ。武勇以外で、俺達に足りぬもの、か」

「あ、いえ、すみません、Ｆランクのくせに偉そうなこと言っちゃって。えーと、僕がそう思ったってだけなので……」

「……いや、いい。正直、俺達にはない発想だったからな」

「そうだねー、確かにその着眼点はなかったかなー。冒険者は依頼を達成するのが全てだって思ってたんだけど……」

最初こそ手こずったものの、運び屋として依頼をこなせるようになってからは、なまじ順調に進められていたからか、ロイが口にしたような可能性についてはあまり考えてこなかった。

確かに、有り得ない話ではないが……

「……変なことを言ったな。謝罪しよう。忘れてくれ」

リュゼが考えている間に、リュカが頭を下げていた。

彼はロイにこれ以上の話をするのを諦めたようだ。

リュゼは驚き、同時に納得もする。

これ以上話したところで、ロイが賛同しないだろうことは明らかだ。

「……いえ。本当に思ったままを喋っただけなので、あまり気にしないでいただけるとありがたいです」

リュゼは努めて明るく返事をして、場に流れる変な空気を打ち払う。

「普通に参考になったし、ありがたかったよー」

「そう言ってもらえるとこちらも嬉しいです……ああ、参考と言えば」

「なになにー？」

「この世界は間違っているから壊れるべきだという、先ほどの質問に答えていませんでしたね」

「……っ」

一瞬、リュゼは息を呑んだ。

てっきりこのまま流されるとばかり思っていたのだが……

黙ってジッと見つめていると、返ってきたのは、ある意味リュゼ達の予想通りの答えであった。

「少なくとも、僕はそれを否定します」

「……世界が間違っているのだとしても、そのせいで理不尽が溢れているのだとしても、それを受け入れるべきだ、と？」

「まあ……世界が壊れるべきとかなんとかは、あくまでも仮定の話だから言えるのかもしれませんが……そうですね、僕はそう思います」

「ふーん。それってやっぱり、死にたくないから？」

「もちろんそれもありますが……どちらかと言えば、間違っていると感じるのなら、なおさら壊すべきではないと思うんですよね」

リュゼは黙ってロイに続きを促す。

「だって、世界が続いているということは、それは誰かがそうなるよう願ったからだと思うんですよ。決して漫然と過ごしてきて今があるのではなく、この世界を存続させようと努力してきた人達がいて、その結果として――たとえ間違っていたとしても、今がある。

なら……僕達が出来ることは、やるべきことは、渡されたバトンをさらに次へと渡すことじゃないかなって……そう思うんです」

ロイの言葉は、仮定にしては随分としっかりしていて、そして、リュゼ達の本当の意図を理解しているのではないかと思わせるものであった。

動揺を顔に出さないよう気をつけながら、リュゼは口を開く。

「バトンを次へと渡す……ね。それはつまり、勇者のように、かなー？」

「勇者……そうですね。そういうことになります」

「……ふむ。世界が間違っていると受け入れた上での肯定……いや、積極的な推奨、か。中々興味深いな」

「すみません、参考になればと思ってとりあえず言ってみましたが、所詮は僕の個人的な感想なんで、気に入らなければ無視してください」

「……いや、先ほど同様、確かに参考になった。変な質問に答えてくれて、感謝する」

その言葉は、リュカの本音であった。

リュゼにとっても、同様に。

そうして答えてくれたからこそ、やはり目はなさそうだということが分かった。

勇んで先走らなくてよかったと、リュゼは胸を撫で下ろす。

ただ、こうなってくると、また別の問題が出てくる。さて、そちらに関してはどうするべきか……

リュゼは近づきつつある辺境の街を眺めながら、小さく息を吐き出すのであった。

去っていく少年の背中を眺めて、リュカは目を細めた。

リュカとリュゼがいるのは辺境の街の西門前。

二人は先ほどロイと別れたばかりであった。

ロイの役目はあくまでも魔物を相手にすることなので、ここで別れたのだ。

別にギルドまで一緒に行っても構わなかったが、ロイはあくまでグレンの紹介で今回の依頼を受けている。

こういう場合、ロイは仲介した者から報酬を受け取るため、ギルドに行ってもグレンがいなければ意味はないのだ。

おそらく、この後どこかで会う約束をしているはずである。

リュカは持っていた袋を背負い直す。

重さはまったく感じないが、ここには確かにシャドウイーターが入っている。

それを意識しながら、リュカはその場を見渡した。

たとえば……たとえばだが、リュカが今この場で袋を握っている手を放したとしたら、どうなるだろうか。

無論、その中身がこぼれ落ちる。

しかも、シャドウイーターはきっと、捕らえられたことで激怒しているはずだ。

リュカ達が動きを止め続けている限り魔物は何も出来ないが……その力まで解いてしまったら、果たして……

シャドウイーターは手当たり次第に暴れ散らすに違いない。

ルーメンの西門は、基本的には魔の大森林へ行く時にしか使われないため、周辺を歩いている人影はまばらだ。

しかも、今は魔の大森林への立ち入りを禁じられているため、いつにも増して人が少ない。今ここでシャドウイーターが暴れたところで、それほど被害は出ないだろう。

しかし、たとえば商店や屋台が立ち並び、人々の集まっている街の中心部で同じことをしたらどうなるか？

まあ、そんな真似をしたらまず真っ先にリュカ達が殺されるだろうが……別に、それは大した問題ではなかった。

　ふと、リュカは空を見上げる。

　陽が中天に達したばかりの空は、一面の青が広がっていた。

　どこまでも晴れ渡り、気持ちのいい空を眺め、一つ息を吐き出す。

　以前リュカは、同じように空を見上げたことがあった。

　今から一年ほど前、魔王が倒されたその時だ。

　あの日も、こんな青空が広がっていた。

　あの時から、空は何一つとして変わってはいない。

　世界の有り様と、同じように。

　魔王が倒された時、その先の世の中に期待した者は多かった。

　百年も続いた戦争が終わったのだ。

　きっと色々なことが良くなるはずだと、そう思っていた。

　だが、現実はこうだ。

　この一年で何が変わったかと言えば、結局何一つとして変わらなかった。どの国も疲弊しすぎた結果、自力で立ち直ることが出来なくなっていたのだ。

　しまいには、他国から奪おうとして、逆に奪われる始末。

世界は良くなるどころか、一つもマシにはならなかった。

希望は失望へと変わり、絶望へと至る。

そんな中で、破滅(はめつ)願望を抱く者がいたとしても、それほど不思議ではあるまい。

「……いや、抱いていたと言うべきか」

リュカはそう呟きながら、もう一度袋を背負い直し、手にぎゅっと力を込めた。

視線を戻すと、自分をジッと見つめていた姉と目が合う。

彼女はその口元に笑みを浮かべながら、冗談のように尋ねてきた。

「説得でもされちゃったー？」

「……まさか。俺達の十年は、そこまで軽くも安くもない」

それは本音であった。

しかし、同時に、多少の強がりが混ざっていたのも事実だ。

「……だが、冒険者は力が全てだ。それがどんな種類のものであれ、な。もっとも、アレはそんな前置きすら必要ないが」

「まあねー。だけど……それを言うなら、あたし達だって〝そこそこ〟だと思うけどー？」

リュカ達は魔物の動きを止めることしか能がない。

だが、それはシャドウイーターにも……竜種であるヴイーヴルにすら通用する力だ。

そして、一つ確信もあった。

今までやったことはないが……それはおそらく、人間相手にも通用するだろう。

力の種類を問わないのであれば、十分すぎる力だった。

ただ、それは、あくまでも常識の範囲内での話である。

「……なら、お前はアレをどうにか出来ると思うか？」

「んー……まあ、無理かなー。なんか、捕まえたと思いきや、あっさり脱出されそうな気がするー」

「……同感だ」

シャドウイーターの動きを止められようと、ヴィーヴルを無力化出来ようと、それらをあっさり殲滅可能な存在にまで力が通用すると言えるほど、リュカ達は自惚れてはいなかった。

世界に理不尽が溢れているというのならば、アレこそがまさに理不尽の塊だ。

そんなものに好んで突っかかろうとするのは、破滅願望者ではなく、ただの馬鹿だろう。

そしてリュカは、馬鹿になるつもりはなかった。

「でも、もうやめるつもりなんだよねー？　それって、説得されたってことじゃないのー？」

わざわざ言わなくともリュカが何を考えているかなど分かっているだろうに、リュゼはあえてにこやかな笑みを浮かべながら言葉にするよう促してくる。

一見すると意地悪のようだが、そうでないのは心を読まずとも分かっていた。

頭の中だけに留めず、言葉にすることで、自分の気持ちを整理する時間を与えてくれようとしているのだ。

まったく、この姉には敵(かな)わないと、リュカは苦笑しながら、口を開く。

「……それとこれとは、別だ。そもそも、全てを認めたわけではない。この世界は未だにどうしようもないと思っている。ただ……確かに、他の何かのせいにしすぎたかもしれないと……少しだけそう思っただけだ」

「へー。それで、これからどうするのー?」

「……さてな。まあ……もう少し足掻(あが)いてみるのもいいかもしれん。もっとも、お前がまだあの計画を続けたいというのならば付き合うがな」

「まっさかー。リュカがやめるって言うんなら、当然あたしもやめるってー。じゃあ……もうちょっとだけ、頑張ってみるとしますかー。まあ、あの街がなくなっちゃったら、それどころじゃなくなるかもしれないけどー」

「……その心配は必要あるまいよ。アレがいるのだからな」

「確かに、それもそっかー」

　そんなことを言い合いながら、既に見えなくなった少年の背中を探すように視線を向け、リュカ達は揃って息を吐き出す。

　それから二人は、ギルドへと向かうために歩を進めるのであった。

第三章　結界の要

扉を開いた瞬間に聞こえたのは、聞き慣れた声であった。

「いらっしゃいまー……あれ、ロイさん？」

不思議そうに首を傾げたセリアに、ロイは片手を挙げて応える。

「やあ、セリア。ただいま」

「おかえりなさい、ロイさん。でも、どうしたんですか？　お昼前にお戻りになられなかったので、てっきり何か依頼が見つかったのかと思ったのですが……」

「うん、依頼は受けられたんだけど、思ったよりも早く終わってね。というわけで、お昼頼みたいんだけど、いいかな？」

「あ、はいっ、すぐにお持ちしますね！」

「ああ、別に急がなくても……」

と言いかけたときには、既にセリアは背を向けて駆け出していた。

食堂で走るのはあまり褒められた行為ではないが、その場にいる者達はそんなセリアのことを温かな目で見ていた。

ロイは苦笑しながらも、気にする者がいないのであれば問題ないだろうと思い、適当な場所に腰を下ろす。

そうしてしばし暇な時間が訪れる。

……ふと、頭に浮かんだのは、先ほど別れた二人の冒険者のことであった。自然と交わした会話も蘇る。

ついガラにもないことを色々と言ってしまったと、ロイは溜息を一つ吐いた。

それでも、語った内容は本音だ。一体どれほど意味があったのかは分からないが……と、あれこれ考えているうちにセリアが戻ってきた。

「お、お待たせしましたっ、ロイさん！」

どうやらかなり急いで準備してくれたようだ。

そんなに慌てなくてもよかったのだが、それを言う前に行ってしまったのだから仕方がない。

とはいえ、早く食べられるのはありがたい。

「うん、別にそこまで待ってないから大丈夫だよ」

少しばかり苦笑を浮かべながら昼食を受け取る。

セリアが持って来てくれたのは相変わらず美味しそうな料理であった。

焼きたてのパンに温かい野菜スープ。

これを前にすると、昔聞いた〝世の中の大抵の不満は美味(うま)い飯さえ食えば解決する〟という言葉を何となく思い出す。

それがきっかけになったのか、ロイはふと、先ほどリュカに尋ねられた質問をセリアにも聞いてみたくなった。

「ねえ、セリア、ちょっと聞きたいことがあるんだけど、いいかな？」

ロイが切り出すと、何故かセリアは焦(あせ)ったような顔を見せた。

「えっ？　あのっ……何か変なものが入っていたりしましたか？」

確かにこの状況ではそう捉えられても仕方ない。質問のタイミングを間違えたかもしれないと思ったものの、結局ロイはそのまま続けることにした。

「ああいや、そうじゃなくて……今日もご飯は美味しそうだよ。で、食事とは関係ない話なんだけどさ」

料理に問題がなかったと分かり、セリアは胸を撫で下ろす。

「は、はあ……良かった……それで、ご質問というのは一体何でしょうか？」

「うん、別に深く考える必要はないんだけど——この世界は間違っているから壊れるべきだって、誰かにそんなことを言われたら、セリアはどうするかなって」

「世界が間違っているから、壊れるべき、ですか？」

ロイとしては雑談程度の軽い気持ちで聞いたのだが、意外にもセリアは真面目に考え込んでしまった。

「ああ、そこまで真面目に考える必要はないよ？」

ロイが慌ててフォローしたものの、セリアはすぐに答えを口にした。

「……そうですね、わたしなら、嫌だと答えると思います」

「……なるほど。嫌、か。どうしてそう思うか聞いても？」

「えっと、別に大した理由を考えたわけではないんですが……世界が壊れたら、皆死んでしまいますよね？　もちろん、わたし自身も死にたくはないのですが……それ以上に、大切な人には死んでほしくないと思いましたから。たとえ、世界が間違っているのだとしても、それでも、わたし達はこうして生きているんです。なら、最後まで生きていたいですし、生きていてほしいと思ったんです」

そう言って、セリアは少し照れくさそうに笑う。

「……す、すみません、思いついたまま言っているだけですので、変なこと言っているかもしれません」

「いや、僕の方こそ、急に変な質問してごめんね」

どことなく居心地が悪そうにしているセリアに謝りつつ、ロイは胸中でなるほどと呟いた。

お世辞でも何でもなく、セリアが口にした言葉に、心の底から納得したからだ。

生きているのだから、生きていたい。

大切な人に死んでほしくない。

当たり前のことだ。

だからこそしっくり来る。

難しく考える必要など、初めからなかったのである。

そう思った瞬間、再び脳裏にあの二人が別れ際に口にした言葉が蘇った。

先ほどの質問の後、ルーメンの西門で別れる直前のことである。

それじゃあと、挨拶を交わした直後、リュカが〝そういえば、最後に一つ、忠告だ〟と、思い出したように口を開いたのだ。

『……お前はよく分かっていなかったかもしれんが、あの森の状況は、明らかに異常だった。それこそ、嵐の前の静けさのようにな。これで終わりだとは思わない方がいい。俺が言えることはそれだけだ』

ロイはその言葉を思い出し、小さく息を吐き出す。

異常というのが自然発生的に生じたものならばまだいいのだが……リュカの口ぶりからすると、そんな単純な話ではなさそうだ。

もしこれらの異常に何者かの意思が介在しているとすると、ロイの頭に浮かぶのは一つだけだ。

――女魔導士アニエス。

彼女の企みが未だに解決していないのだろうということも、分かっている。

だが、ロイはFランクの冒険者だ。

誰かの企みに巻き込まれたり、それを解決したりする役回りの人間ではない。

そういうのは、もっと他の、それこそグレンみたいな冒険者がすべきことで――

「そうだと、思っていたんだけどなぁ」

ロイは独り言を呟きながらも、とりあえず今は食事だと頭を切り替える。

これ以上放っておいたらせっかくの出来たての料理が冷めてしまう。

「いただきます！」

頭に浮かんだ取り留めのない思考をひとまず脇によけて、ロイは食事に手を伸ばすのであった。

——昼を少し回った頃。ルーメンの冒険者ギルドは、普段とは似つかわしくないほどの賑やかさで溢れていた。

依頼が受けられずにやることがない冒険者達が朝っぱらから騒いでいたのが、今まで続いているのだ。

そんな騒がしい連中を、グレンは冷めた目で見ていた。

どんちゃん騒ぎに加わっていないどころか、酒すら飲んでいないグレンは、正直その場では浮いている。

とはいえ、酔っ払い達はその程度気にもかけないし、他にも似たような者が数名いるため、性質の悪い連中に絡まれはしなかった。

グレンは周囲を眺めながら、さてと呟く。

おそらく、そろそろあいつらの決着がつく頃だろう——と、そんなことを考えていると、扉が開く軽やかな音が響いた。

反射的にギルドの入り口に視線を向けると、まさに今考えていた二人組が入ってきたところであった。

二人は慣れた様子でギルドの受付へと向かう。

彼らが背負っている少し大きめな革袋が妙に目立つ。

他にも数名、二人の様子を窺っている気配があるのは、現在受付での業務は停止されているのにもかかわらず、あの二人が受付へと向かったからか。

受付職員は二人を確認すると、追い払ったりすることなく対応を始める。

そしてすぐに、ギルドの奥へと向かった。

グレンはその背が見えなくなるまで見つめ、しばらく待ってみたものの、何か騒ぎが起こるような気配はない。

何とはなしに、グレンは一つ息をこぼした。

「……なるほど、こうなったか」

そう呟きながら、先ほど横目に見た二人の顔を思い出す。

二人はどことなく吹っ切れたような顔をしていたように見えた。

「まあ、予想通りっちゃあ予想通りだな」

これでこの場にいた理由の半分はなくなった。

残りの半分は、街の中では冒険者ギルドが最も情報を得やすいというものであったが……

少し考えた後で、グレンは立ち上がった。
そろそろ頃合だろう。
何人かが立ち上がったグレンに視線を向けるが、それもすぐに戻される。
グレンは気にせず、そのまま歩き出すと――
「さて……次はどうすっか」
口元を歪めながら、その場を後にするのであった。

夜の街中を一人、フルールは歩いていた。
冒険者が集まる辺境の街と言えども四六時中誰かが騒いでいるわけではないので、夜は静かなものだ。
特に路地裏(ろじうら)ともなればなおさらで、周囲には人の気配一つなかった。
フルールがそんな場所を一人で歩いているのは、少し考えをまとめたかったからだ。

今日の夕方頃、フルールはギルドから呼び出しを受けた。

てっきりパーティー全員が呼ばれたのかと思って行ってみれば一人だけで、一体何事かと訝しんでいたのだが、そこで聞かされた話の内容に、そんな疑問は立ち所に吹き飛んだ。

フルールが聞かされたのは、ここ数日姿を見ていないパーティーメンバーの魔導士、アニエスのことだった。

今こうしてフルールが人気の少ない場所で考えているのも、それが理由だ。

最近辺境の街を騒がせている一連の出来事にアニエスが関わっていた、という話を聞いた時、フルールはにわかには信じられなかった。

だがその話を伝えてきたのは、冒険者ギルドである。

酔った冒険者達の噂話ならまだしも、ギルドが自分達に嘘を吐く理由はない。

しかもアニエスは受付職員のアリーヌと共に現行犯で捕まったのだそうだ。そして、捕まえたのはロイだというのだから確かな話なのだろう。

さすがにここまで色々出てくると、フルールも信じざるを得なかった。

「うーん……それにしても本当に、まさかあの人がって感じっすねえ……」

ちょっと独特な雰囲気はあったが、決して悪い人間ではなかった。

街を破壊するなどという大それたことをする人には見えなかったのだが……それだけの

秘めたる理由があったのかもしれない。

「そして、あちし達はその理由を話してもらえるほどには信頼されてなかったたってことっすかねえ……」

パーティーを組んでいようとも、結局のところ大切なのは自分自身。

同じパーティーであろうとも本音を明かさないくらい、冒険者の間では珍しくない。それどころか、裏切りや抜け駆けだって当たり前だ。

ランクが上がるほどにそういったことは少なくなってくるとはいえ……所詮冒険者は冒険者。アニエスも本質的なところでは、大差はなかったというわけか。

「まあ、あちしが冒険者になったのは、それ以外に出来ることがなかったってだけっすから、何か目的があって冒険者になった人の気持ちは分からないんっすけど」

フルールが思案を巡らせていると、目の前に大柄な人影が見えてきた。

「あれ？　グレンさんっすか？」

暗がりでもすぐに見分けが付く、只者ではない佇まい……間違いなくグレンだ。

とはいえ、どうしてこんなところにと、フルールは首を傾げる。

彼女達のパーティーが泊まっているのは大通り沿いの高級宿であり、何か欲しいものがあれば大通り沿いの店で全て揃う。

わざわざこんな路地裏に入る理由などないはずだ。

もしかしたらグレンもフルールと同じく気分転換のためにここに来ていたのかもしれない。

特に今は、十分すぎるほどに心当たりがある。

自分は先ほど知らされたばかりだが、リーダーのグレンならばもっと前に知らされていたとしても不思議ではない。

じっと見つめていると、グレンが話しかけてきた。

「……よう。こんなところでどうした？」

「それはこっちの台詞だと思うっすが……まあ、あちしは気分転換のためっすね。ちょっと一人で考え事っす」

「そうか……それはもしかしたら、アニエスのことか？」

「ああ、やっぱグレンさんも聞いてたんすね。まあさすがにあんな話を聞かされたら平静ではいられないっすよ」

「……まあ、それはそうだな」

「……？」

そう話しながらフルールがふと首を傾げたのは、何となくグレンの様子がおかしいように思えたからだ。

普段からグレンはよく喋るタイプではないが、今日はいつにも増して口数が少ない気がする。

それに、街中だというのに、グレンの全身からピリピリと張り詰めた妙な緊張感が溢れている。

まるで、これから戦闘でもするかのような――

「――っ⁉」

次の瞬間、唐突にグレンが、背負っていた大剣を引き抜き、叩きつけてきた。

フルールは反射的にその場から飛び退く。ほぼ同時に、さっきまで自分が立っていた場所から轟音が響いた。

彼女が咄嗟に反応出来たのは、今まで積み重ねた経験があってこそだ。もし少しでも遅れていたら、今頃彼女は肉塊と化していただろう。

「グ、グレンさん……⁉　一体何のつもりっすか⁉」

「……あいつもだったとは思わなかったが、あいつが捕まった以上、俺達にも目が向くのは必然だ。こうなった以上、障害は早めに潰しておくに限る……その時がすぐそこに迫ってるってんなら、なおさらな」

森に意思があるのならば、その異変に真っ先に気付いただろう。

闇の中に蠢く無数の気配に、地響きの如く響く足音。爛々と浮かび上がる瞳の光もまた数え切れないほどだ。

その光景を目にした者は、きっと脇目も振らず逃げ出すに違いない。もっとも、そこから逃げることが出来るかどうかはまた別の話であるが。

それらは全て、魔の大森林と呼ばれている深い森に集まった魔物であった。

人間達は知らぬことではあったが、そこには元々数多の魔物が集まっていた。

西方の支配者を自称していた存在が、呼び寄せたのだ。

全ての魔物の頂点である魔王を自称する不届きな存在を滅するために。

だがその魔王は人間に討たれてしまった。

さらに集めた魔物達の使い道を考え付く前に、当の西方の支配者までもが討たれた。

しかしそこで魔物達が仇討ちや復讐という発想に至らないのは、彼らにとっては力こそが全てだからである。

自分達の上に立っていた存在であったとしても、討たれた方が悪いと考えているのだ。

とはいえ、本来の縄張りを捨ててまで、西方の支配者の呼びかけに応じてやってきたのである。

命令した者がいなくなったからといって、このまま何もせずに戻るのは面白くない……魔物達がそんな風に考えていた時のことであった。

森から離れた場所に、〝それ〟を感じたのは。

大部分の魔物は縄張りを争う性質があり、協力して何かをするのは珍しい。

自分と同種であればともかく、他の種族の魔物が同じ場所にいれば争うのが基本だ。

そうしないのは、上位の存在に率いられている時か……つまらぬ小競り合いなどどうでもよくなるほどに魅力的な何かを見つけた時だけである。

そして魔物達は今、その魅力的なものを感じ取った。

であるならば、やることは一つしかない。

幸いにも、彼らの上に立ち、彼らを縛り付けるモノはもう存在しなかった。

かくして、彼らは彼らの望むがままに衝動に従って動きはじめたのである。

闇が深まる中、無数の魔物達が蠢く。

一直線に向かう先にあるのは、人間達が辺境の街ルーメンと呼ぶ場所。

それは、辺境の街が終わる日の始まりであった。

ロイがその異常に気付いたのは、眠っている真っ只中のことであった。

一瞬前まで夢の中にいた意識が瞬時に覚醒し、飛び起きる。

窓の外は暗く、明らかに真夜中だ。

状況を考えれば悪夢にうなされて寝ぼけているとしても不思議ではないが、ロイは確信を持ってベッドから下りた。

「んー……さて、これはどうしたものかな……」

ロイが呟きながら視線を向けているのは、窓の外だ。

その先に見えるのは明かりの消えた家々。

だが、ロイはそれらよりさらに遠く――魔の大森林の方向に、大量の魔物の気配を感じていた。

しかも、それらはこちらに向かって移動している。

時間が時間なので、さすがにセリア達はとうに寝てしまっているはずだ。

別に勝手に出ていっても構わないが……入り口が施錠されていたら、窓から外に出るしかないだろう。

「……とりあえず、行ってみようか」

部屋を出て一階の食堂に下りたところで、ロイは軽く目を見開いた。

食堂の片隅に、闇の中にぼんやりと浮かび上がるような人影があったからだ。寝ているだろうと思っていたセリアであった。

「……セリア？」

「え？　あ……ロイさん？　どうしたんですか？」

「それはこっちの台詞だよ。そんなところで一人でボーっとして……もしかして、また何か感じたとか？」

以前、街の防壁に異常があった際に、セリアは胸騒ぎがすると訴えていた。

そんなことがそう何度も続くはずがないので、単純に目が覚めて眠れなくなっただけだろうとは思いながらも、ロイは念のため確認した。

「……はい。その、言葉では説明しづらいのですが……何となく嫌な予感がして、目が覚めてしまったんです」

首を縦に振ったセリアに驚きながらも、ロイは何気ない調子で返事をする。

「……そっか。で、目が冴えちゃって寝られない、と？」

「はい……何か、起こっているんでしょうか？」

「……さあね。僕も何となく目が覚めちゃっただけだし、気のせいじゃないかな？」

もちろん、セリアを不安がらせないための嘘だった。

確かに、まだ被害は出ていないし、何かが起こっているとは言い切れない。しかし、夥しい数の魔物がこの街に向かってきているのは、普通の状況ではないだろう。

とはいえ、ロイはそれを正確に伝えるつもりはなかった。たとえセリア本人が既に何かが起こっているだろうと確信していたとしても。

「僕もちょっと目が冴えちゃって寝られそうにないから、外に散歩に行ってきていいかな？　別に起きて待っている必要はないからさ」

「それは構いませんが……戻ってくる時はどうするんですか？　さすがに戸締りはしてしまいますよ？」

「その時は……まあ、二階の窓からでも入るよ」

「……そうですか。分かりました。ロイさんの部屋の窓は開けたままにしておきますね。心配はいらないとは思いますが……真夜中ですし、お気をつけて」

「うん、ありがとう」

セリアは何か言いたげな視線を向けているが、ロイはあえて気付かないふりをして背を向けた。

本当に何か異変が起こっているのだとしても、被害がなければ、何も起こらなかったのと同じことだ。

自分で口にした言葉を嘘にしないためにも、ロイは覚悟を決めて宿を後にした。

夜の闇の中、ロイが出ていった扉を見つめながら、セリアは溜息を一つ吐いた。

彼女には何故自分が異変を感じられるのかは分からなかったが、ロイの様子を見れば、この街で何かが起こっているのは間違いなさそうだ。

だからといって、彼女に何か出来ることがあるわけではないし……やろうとも思わない。

人には向き不向きがあるのだ。

宿の娘にすぎない自分に、何か出来るとは思えなかった。

下手に首を突っ込めば、ロイの足を引っ張ってしまうに違いない。

ならば、どれだけ不安に思おうとも、セリアに出来るのはここで待っていることだけであった。

それにあのロイならば、きっとすぐに何事もなかったかのように帰ってくるはずだ。

むしろ、さっさと部屋に戻っておくべきなのではないか。

「……そう、ですね。いつまでもここに座って待っていたら、まるでロイさんのことを信じていないみたいですし」

セリアはそう呟いて立ち上がる。

その時……宿の扉がゆっくりと開いた。

セリアがうだうだと考えている間に、ロイが戻ってきてしまったようだ。

彼が出ていってからまだ大して時間は経っていないが、セリアの様子が気になって、早く戻ってきてくれたのかもしれない。

さっきロイと話した時、セリアはなるべく普段通りを装おうとしていたものの、上手く出来ていた自信はあまりなかった。

ここで下手に慌てた姿を見せれば、それこそロイの言葉を信じなかったと思われても仕方がない。

セリアは焦らず息を整え、単にのんびりしていたらロイが戻ってきてしまったのだという体でいこうと取り繕う。

「ロイさん、早かった――」

早かったですね――と言いかけた瞬間、ふとセリアの思考に疑問がよぎる。

そういえば、ロイが出ていった後でしっかり扉に鍵を掛けたはずではなかったか……

だがその疑問が解決することはなかった。

その直後、セリアの視界と思考は暗転していたからだ。

「……何だ、アイツはいねえのか？　タイミングが悪かったな。ま、構わねえか。その方が、ゆっくりやれそうだしな」

意識が暗闇の底へと落ちていく中、どこかで聞いたことのあるような声が響く。最後にセリアの視界に映し出されたのは、鈍く光る槍の穂先であった。

宿を後にしたロイが向かったのは、街の外周を囲む防壁であった。

その高さは十メートルを優に超し、魔物の攻撃に耐えられるように強固な結界が張ってあった。

よじ登るには高すぎるが、ロイには問題はない。

その場から飛び上がり、壁を数度蹴り付ければ、もう防壁の上だ。

駆け上がった瞬間、防壁の上に先客がいるのに気付き、ロイは軽く目を見張った。

「グレンさんに、フルールさん？」

「……ふんっ。そうか、お前もアレに気付いたか」

グレンはロイを一瞥すると、険しい顔つきで大森林の方向に視線を戻した。

「はい。僕は防壁からそれほど離れてない宿に泊まっていたからかもしれませんが。お二人は、さすがですね」

「そうでもないがな。防壁の近くでこいつと戯れてたら気付いただけだ。言ってみりゃあ、半分以上ただの偶然だ」

見ると、グレンの隣にいるフルールは、明かりの乏しい夜にもかかわらず、一目で不機嫌だということが分かるほどに目が据わっていた。

ただ、その目はロイではなくグレンへと向けられており、誰のせいでそうなっているのかは予想が付く。

「戯れていた、ですか？　……それってもしかして、フルールさんの機嫌が妙に悪そうなのも関係してるんですかね？」

話を振られたフルールは勢いよく捲し立てる。

「そりゃ不機嫌にもなるっすよ！　あちしがこの人に一体何をされたと思うっすか⁉」

「えっと……何されたの？」

「突然大剣で襲われたんすよ！　斬りかかられたんすよ！　しかも何か意味深なこと言い出すから、あちしはこの人もアニエスさんの仲間だったのかと思ってびっくりしたっす！」

「何言ってんだ？　お前もアニエスの仲間だったろ？」

「そうだけど、そういう意味じゃないっす！」

「えーと……どうしてそんなことを？」

　ロイは何となく状況は理解したし、グレンの行動の理由も見当が付いた。もっとも、どんな事情があっても、問答無用で攻撃されたら、フルールが怒るのは当然でである。

「アニエスの他にも裏切ってるやつがいるって話を聞いたからな。なら、あいつと同じパーティーのお前らを疑うのは当然だろ？　普通はやっちゃいけねえことだが、俺はあいつの動きにまったく気付けなかったわけだしな。なら四の五の言ってる場合じゃねえ」

「だからって、それっぽい台詞言って襲ってくるとか！」

「だが、おかげで間抜けは見つかった。そうだろ？」

「ぐっ……それはそうっすけど……」

「えっと……見つかったんですか？」

パーティー内の問題に首を突っ込むべきか迷ったが、ロイは素直に聞いた。

「ああ。決して喜ばしいことじゃねえがな……さすがにパーティーメンバーの半数以上が〝そう〟だったなんて、俺の目が節穴すぎて逆に笑えてきたぜ」

グレン曰く、フルールにしたのと同じように仕掛けて試した結果、三人のパーティーメンバーが実は自分もそうだったと白状したらしい。

グレンのパーティーはアニエスとフルールを含めて全部で六人だったはずなので、合計で四人が裏切っていたことになる。

さすがに気の毒すぎて、ロイは何も言えなかった。

「まったく……Aランクの冒険者だってのに、何してんすかね」

「ふんっ……ま、冒険者なんてのは訳有りばかりで、どこにいても鼻つまみ者だ。そういうこともあるんだろうよ。それに、俺達はここに来てから組んだパーティーでもあるわけだし、信頼関係って意味じゃあまだまだだった。俺の目の節穴っぷりの言い訳にはなんねえが」

「うーん……でもそういう事情なら、フルールさんへの対応もある程度仕方なかったのかもしれませんね」

ロイはアニエスやアリーヌから得た情報を、全て冒険者ギルドに報告した。

それによって、ギルドは今大忙しの真っ只中だ。

アリーヌからも新しい情報は得られていないとのことで、具体的に彼女達が何をしようとしていたのかは未だ不明のままであった。

その話を聞いたからこそ、グレンはかなり強引な手を使ったのだろう。

「もっとマシなやり方があったと思うっすけどね……はぁ、でも分かったっす。ロイさんにそう言われたんじゃ仕方ないっすね。とりあえず不満は引っ込めるっすよ……実際のところ、今はそれどころじゃないみたいっすし？　それからおかげで〝これ〟に気付けたってのも事実っすから」

「……ああ。Ａランクの冒険者が四人も関わってるって時点で、ただ事じゃないとは思ってたが……さすがに〝これ〟は予想以上だな」

グレンは苦々しい表情で街の外を見やる。

「いや、予想出来なくて当然だと思いますよ？」

冒険者ギルドでもある程度の予想はしていただろうが、これほど非常識なものは考慮すらされていなかったはずだ。

ロイはグレン達と同じ方向を見つめた。

それは西の彼方、魔の大森林のある方角だ。

とはいえ、夜の闇の中に沈んでいる状況では、その姿ははっきりと捉えられない。

だが本来ならば闇だけが広がっているそこが、今は異なる光景に犯されていた。

一見闇が蠢いているようにも見えるそれは、無数の魔物の姿であった。

「んー……偶然こっちの方向に向かってきているだけって可能性も考えてはいたんですが、それはなさそうですね」

「だろうな。間違いなくアレらはこの街を目指してやがる」

「でも、こんなの聞いたこともないっすよ？」

「さてな。まあ何か理由はあるんだろうが、今はうだうだ考えてる場合じゃねえだろ」

「ですね」

考えなくていいというわけではないが、それよりもまずあの魔物をどうするかだ。

ルーメンの防壁に張られた結界は相当強固だという話なので、あの数の魔物が突撃してきても耐えられる可能性もあるが……

「んー……まあ、少なくとも今あの前に出て戦うのは無謀ですね。魔物の強さは不明ですが、あの数で来られたらさすがに押し切られちゃうでしょうし」

「……確かお前魔法使えんだろ？　魔法でどうにかなんねえのか？」

「いやあ……無理ですね。確かに僕は魔法を使えますが、魔導士ってわけではないですから。範囲魔法ってあんま得意じゃないんですよ」

ロイに期待の眼差しを向けていたフルールが肩を落とす。

「……そっすか。なら仕方ないっすね。ここの結界を信じて、一旦下がるとするっすか」

「……だな。ここは焦っても仕方ねえ。しっかり情報をまとめて、戦力を整えた後で挑むべきだろう」

「……異論はないです」

夜で視界が悪い上に、敵の数は不明。対して、こちらはＡランクが二人いるとはいえ、総勢三名ではさすがに分が悪すぎる。

引くことに悔しさはあるも、ここで無茶をしたところで意味はない。

「それで、下がるのはいいんですが、どこへ？」

「俺達が行く場所なんざ決まってんだろ。冒険者ギルドだ」

「さすがのギルド職員も寝てると思うっすけど……言ってる場合じゃないっすからね。無理やり起こしてキリキリ働かせるっす。まあその後あちし達も働くことになるっすが」

「異論はないです。あ、ただその前にちょっと宿に寄っておきたいんですが、いいですか？　すぐ済みますから」

この状況をセリアにはっきり伝えるかはともかくとして、一度宿に戻ってすぐには帰れないと伝えておくべきだ。

ロイの帰りが遅いのを心配して、セリアが捜しに出てしまったら目も当てられない。戸締りして先に寝るとは言っていたものの、別れ際、彼女は明らかにロイを気にしている様子だった。

「あ、いや、それとも、二人には先にギルドに行ってもらった方がいいですかね？」

「……いや、付き合ってやるよ。つーか、この状況で別れんのは、愚策も愚策だ」

「ああ……確かに、それもそうですね」

本来起こらないはずのことが起こっているのだ。

アニエスが引き起こした一連の騒ぎも考慮すれば、これが人為的でないと考える方が難しい。ならば、同時進行で他にも何かが起こっていたところで不思議はない。

いや……むしろその可能性の方が高いとすら言える。

だがこの間アリーヌが語った話によれば、この街の結界はかなり特殊なものらしい。聞いていた通りならば、街の中に篭ったまま、少しずつ魔物を倒していくことが可能なほどに強固なのである。

多少街に混乱はあるだろうが、すぐに落ち着いて対処に当たれるだろう。

むしろ問題は、他に何が起こるのかということだが――

「……ま、考えたところで分かるわけがないか」

そして、のんびりしている暇もない。

一つ呟いて意識を切り替えると、ロイはグレン達と共にその場を後にするのであった。

急いで宿が視界に入るところまで戻ったロイだったが、そこで足を止め、目を細めた。

施錠していたはずの宿の扉は開いており……何よりも、周囲に漂っているその臭いに気付いたからだ。

「……グレンさん」

「血の臭い、か……意図せず当たりを引いちまったみたいだな」

「あちしが周囲を見て回るっすから、二人は宿の方をお願いするっす」

異論はなかったので、周囲の調査をフルールに任せ、ロイとグレンは宿の中へと向かった。

逸る気持ちを抑えながら慎重に足を進め、中の様子を窺う。

人の気配がなかったものの……意外にも荒らされた形跡はなかった。外で感じた血の臭いも、室内からはしない。

　むしろ予想外に異常がなく、二人は眉をひそめる。

「一見すると何の問題もなさそうだが……鍵のかけ忘れか？」

「いえ、時間が時間ですから、少なくとも僕が出ていく時に扉は閉めました。その後人の出入りがあったとは考えにくいですし、セリアが鍵を閉めずに出ていくとも思えません」

　それにしても、セリアはどこに行ったのだろうか。

　一瞬、最悪の想像がよぎるが、ロイは頭を振ってそれを振り払う。

「つまり、普通じゃない事態があった可能性が高いってことか」

「はい。しかも、荒らされた形跡がないですからね……」

　何も起こっていないのではなく、むしろその必要すらなかったと考えるべきだろう。

　荒らすまでもなく目的が達成可能な実力者がやってきた、ということだ。

　果たして目的は何なのか――

「まあ、そっちは知ってそうな人に聞くのが一番ですね」

「だな」

　そう言って、ロイとグレンが階段の上へと視線を向けると、隠れていた誰かがビクリと身体を震わせた。

宿に入った後にこっそり近付いてきた人物がいることに、ロイ達は気付いていたのである。

向こうも気付かれていたと理解したのか、観念（かんねん）したように姿を見せた。

……その顔に見覚えがあり、ロイは目を細める。

「……あなたは」

「知り合いか？」

「知り合いというか……顔を合わせたことがあるって感じでしょうか？」

現れた青年に、ロイは見覚えがあった。

先日からこの宿に泊まっている人物で、確か彼も冒険者だったはずだ。

会話をする機会はなかったが、何度か食堂で顔を合わせている。

そうなると、彼も異変に気付いて様子を窺っていただけの可能性がある。それでは情報を得るのは難しいかもしれない。

しかし、そう思った直後……青年が突然頭を下げた。

「すまない。私には見ていることしか出来なかった」

「どうして謝るのかは分かりませんが、要するに、あなたはここで何が起こったのか知っているのですか？」

「……ああ。一瞬のことだった。男が侵入してきたと思ったら、宿の娘を攫っていってしまったんだ」

「っ……セリアが……？」

セリアの姿がなかったので、彼女の身に何かあった可能性は考えていたものの、本当にそうなるとは……ロイは唇を噛む。

外に出るべきではなかった——そんな後悔がチラつくが、反省は後でいい。セリアを捜すためにもまずは情報を集める必要がある。

「……相手はどんな人物でした？」

「……分からない。本当に一瞬の出来事で、男だというくらいしか分からなかった。ただ、相当な手練なのは間違いない」

ロイと青年の問答に、グレンが口を挟む。

「で、その状況をお前は見てたってわけか？　いや、別に何もしなかったのを批判するつもりはねえ。宿の娘に命を張る義理はねえだろうしな。が……どうしてお前は、その状況を〝見ることが出来た〟んだ？」

「……確かに」

グレンの言った言葉に、思わずロイは頷いた。

　これが昼間であったら偶然居合わせたという状況もあるかもしれないが、今は真夜中だ。部屋で休んでいて然るべきだし、用もないのに宿のロビーや食堂にいるとは考えられない。

　まして一瞬だったというのならば、なおさらどうしてその状況を見ていて、かつ相手に気付かれなかったのか疑問になる。

　別にこの青年がグルだとか嘘を言っていると思っているわけではないが……

　ロイがジッと見つめていると、青年は降参したように両手を上げた。

「本当は言ったらまずいんだが……まあ、状況が状況だから許されるだろう。私は、ギルドからの依頼で彼女の護衛をしていた。気付かれないようにする必要があったせいで、この体たらくなわけだが」

　その場にいた説明としてはもっともだ。しかし――と、ロイは疑問を口にする。

「護衛……？　どうしてセリアにそんなものが……？」

「最高機密なのでな、そこまでは私の口からは言えない。さすがに許可を得ずにこれ以上教えてしまったら、私がギルドから処分されてしまうからな」

「ふんっ……ってことは、攫われたのもその辺に理由がありそうか。こいつの話が本当ならば、だがな」

　グレンの言葉に、青年が力なく苦笑する。

「本当だと証明する手段が今はない。仲間達ならば……いや、それも無理か。未だに姿を見せないということは、彼らは殺されている可能性が高い」

「それに関しては、あちしが肯定するっすよ。ここを取り囲む位置に五人、全員死体で見つかったっす」

声に視線を向けると、フルールがやってきたところであった。

どうやら臭いの確認が終わったらしい。

「そうか……そいつらも護衛だったのか？」

「ああ。おそらくあの男に殺されたんだろう。全員Aランクだったんだがな……」

青年の推測をフルールが補足する。

「あちしが見た限りでは、相当な手練にやられたって感じだったっすね。綺麗に心臓を一突きで、抵抗した様子すらなかったっす」

それを聞いて、グレンはようやく警戒を緩めた。

「ひとまず話に矛盾とかはなさそう、か」

疑い出したらキリがないが、ロイ達には迷っている暇がなかった。

セリアが攫われてしまったというのならば捜さなければならないし、街の外の魔物も放っておくわけにはいかない。

「……とりあえず、僕達はこれからギルドに行くつもりなんですが、一緒に来てもらえますか？」

青年の言葉通りならば、ここに留まっていたところで意味はない。

「……いいのか？」

「はい。確かにセリアのことは気になりますが、何やら僕の知らない事情がありそうですから。そっちもギルドが関わってるみたいですし、とりあえずギルドに先に行ってしまった方がいいと思います」

「私としては異論はない。元よりそのつもりだったからな」

青年はロイに頷いて立ち上がった。

「じゃあ決まりっすね」

「うん。急ごう」

一度だけその場を見回した後で、ロイは三人と共に冒険者ギルドへと向かうのであった。

少しして、ロイ達一行は冒険者ギルドに辿り着いた。

当然、真夜中なので扉は閉まっている。

これはどうするべきかと迷ったロイとは異なり、グレンとフルールに躊躇いはなかった。

まるで当然のように、扉を蹴破ったのだ。

「ええ……!? いいんですか、これ……？」

「問題ねえよ。俺達は冒険者で、ここは冒険者ギルドだからな」

「ていうか、無理やり起こすってさっき言ったじゃないっすか」

「いや、確かにそう言ってたけどさ……」

さすがにこういう形でというのは予想外であった。

しかしロイが戸惑っている間にも、グレン達は堂々とギルドの中に足を踏み入れていく。

仕方なくロイも後に続いて中に入ると、誰の姿もない真っ暗な部屋が広がっていた。がらんとしていて、普段の賑やかさを知っているからか、妙に寂しく感じる。

しかしそんな感傷に浸るのも束の間――ギルドの職員が慌てた様子で飛び出してきた。

どうやら今日の宿直だったようである。

「今度は何があった!?」

職員は開口一番グレンにそう聞いた。

その口ぶりからすると、扉が蹴破られたから慌てていたわけではなかったらしい。

ロイは小声でフルールに問いかける。

「……もしかして、こういうことはよく起こったりするの？」

「一週間に一度とは言わないっすけど、少なくとも一月に一度はある感じっすね」

「あー、なるほど。さっきの言葉は、そういう意味かぁ……」

グレン達の言葉は冒険者だから好き勝手にやってもいいという意味ではなく、こんなのは日常茶飯事ということらしい。

実際、こういう事態に慣れているのか、職員の動きは俊敏（しゅんびん）かつ的確で、グレンから非常事態だと聞いただけですぐに人を集めはじめる。

そうして他の職員達もあっという間に集まり、それぞれが動いていく。

ロイ達から詳細を聞き出す者、冒険者達を集める者、ロイ達から聞き出した情報を元に事実確認を行う者、さらなる情報収集をする者などなど。

何をするにも人手が必要というわけだ。

当然、受付職員も集まっているが、そこにロイと馴染みだったアリーヌの姿はない。今頃彼女は檻（おり）の中だろう。

そんなことを考えている間に、職員達の呼びかけに応じて次々と冒険者達が集まりだした。

まるで昼間のような光景が広がるのに、大した時間を必要とはしなかった。

「……本当に慣れてるんだなぁ」

ロイの口から感心の呟きが漏れる。

「辺境の街に来るような連中は、こういう修羅場を何度も経験しているようなやつばっかりだろうからな」

「それにまあ、近くに魔の大森林っていう危険な場所があるわけっすからね。いつ何があっても大丈夫なように備えておくのは当然っす」

「うーん……そうなのか……」

まったくそんな意識がなかったロイは、またしても自分の未熟さを思い知らされて、溜息を吐き出した。

やがて一通りの準備が終わったのか、冒険者達が一箇所に集められた。

そんな冒険者達の前に出てきたのは、一人の女性だ。

何となく見覚えがあるし、身につけている制服から判断すると、受付職員の一人なのだろう。

彼女はその場を軽く見回すと、口を開いた。

「さて、キミ達のことだから大体のことは把握済みだとは思うし、あるいは既に自分の目で確かめた人もいるかもしれない。でも、認識の齟齬が発生しないように、念のため現在何が起こっているのかの説明をさせてもらおうかと思うんだけど、いいかな？」

　思っていたよりも軽い口調だが、その顔は真剣そのものだ。

　ロイは少々面食らったものの、受付職員は丁寧な口調で喋らなければならないという決まりがあるわけではないかと納得した。

　彼女は現在この街で起こっている事態の詳細を端的に語っていく。

　おそらくは魔の大森林から現れたのだろう数多の魔物達がこの街へと向かっていた、ということ。

　過去形なのは、ギルドが準備をしている間に、状況に変化があったからだ。

　ただしそれは事態の打開を意味するわけではない。

　むしろ状況はより深刻さを増したとも言えた。

「現在魔物達は街から一定の距離を置いて沈黙を保っている状態だ。一度街に入ろうとし、結界に阻まれたからである。しかしそうして阻まれていながら、どこか別の場所に移動するでもなく、そこに留まり続けているわけだ。数多の魔物達が、一匹残らず……無駄に暴れもせず」

　要するにこれは、魔物達の目的はこの街で間違いないということを示している。

さらに、その理由もギルド側では見当が付いていると女性は口にした。

「……既に何人かには話しているが、先日この街にヴィーヴルが運び込まれた事件があった。ヴィーヴルそのものは何とかなったんだけど……その際、ヴィーヴルの瞳に溜め込まれているはずの魔力が明らかに足りていない、ということが分かってね」

女性の発言を聞いて、周囲にどよめきが広がる。

「ヴィーヴルが……!?」

「魔力が足りてないって……まさか奪われたってのか……？」

「つまりは、その魔力がどこかにある状況で……この魔物の群れ、か」

彼らの反応を見る限り、ヴィーヴルとは何かを疑問に思っているような者達はこの場にいないようであった。

どうやら彼らにとっては知っていて当然の知識であり、女性が何を言いたいのかもおおよそ察しているらしい。

それぞれに反応する冒険者達を見て、女性が頷いた。

「まあ、そういうことだね。ヴィーヴルが持つ無色の魔力は、魔物にとっては御馳走中の御馳走だ。そしてそのヴィーヴルの魔力が行方(ゆくえ)不明……間違いなくあいつらは、それを狙ってやってきたんだろうさ」

竜に限らず、魔物はどんなものでも必ず魔力を持っている。そしてその量が増えれば増えるほどにその魔物の力は増す。

無色で、どんな色の魔力の主にも親和性があるヴィーヴルの魔力が存在すると分かれば、それを得ようとするのは当然である。

だがそれはつまり、一つのことを示していた。

「要は、この街のどこかにヴィーヴルから奪われた魔力が隠されている、というわけだ。しかもそれは、こっちには気付けないけど魔物達には分かるような細工がされている。逆に言えば、それを何とか出来ればこの状況も好転する可能性が高い……ま、多分言うほど簡単なことではないだろうね。そのためにこそ、キミ達を呼んだのだし」

今のところ魔物達は大人しく待機しているが、いつか痺れを切らして暴れはじめるかもしれない。

また、さらに魔物が集まってきてしまう可能性もあるし、その中にはこの街の結界だって破壊してしまえるものがいないとも限らないのだ。

もちろん、御馳走の魔力がなくなったからといって、魔物達が去るとは言い切れないが、ヴィーヴルの魔力を放置するのもまずい。

つまり、魔物とヴィーヴルの魔力、両方に一度に対処する必要がある。

魔物の方は言うに及ばず、ヴイーヴルの魔力も扱いを間違えればこの街が消し飛びかねない厄介な代物だ。

しかもロイは、もう一つ厄介事があることを知っていた。

そして……

「それだけでも厄介なんだけど……困ったことにもう一つ悪い知らせがあってね。実は……最悪の場合、この街の結界が消失してしまう可能性があるんだ」

その瞬間、先の比ではないざわめきがその場を満たした。

頼みの綱である結界が消えるかもしれないという事態は、冒険者達にとっても想定外だったのだろう。

職員達の慌てっぷりから、最悪そのくらいのことは有り得るだろうと考えていたロイではあるが、その予想が当たってしまったことに、ざわめきに紛れるように溜息を吐き出した。

「さて、出来ればキミ達が冷静になるまで待ちたいところなんだけど、生憎そんな余裕はないからね。申し訳ないけど、話を続けさせてもらうよ」

一向にざわめきは収まらなかったが、異論も出なかった。

どういうことかと問うような視線を一身に受けながら、彼女は説明を続けていく。

「……まあ、話そのものは難しくはない。キミ達だって、この街の結界が出来た経緯くらいは知っているだろう？　そしてその後どうやって維持し続けているのか……どうしたら結界が消失するのかもね」

何人かの冒険者の口から〝まさか〟と呟きが漏れる。

結界のことは意外と知られているらしい。

ざわめきが増す中、女性はついに核心に触れた。

「勿体ぶっていても仕方ないからさっさと結論を言ってしまおう。そう、つまりは結界の要とも呼べる人物が攫われてしまった、というわけだね。一応、密かに護衛をつけてはいたんだけど……一人を除いて殺されてしまい、何とかこの情報を得るのが精一杯だった。極論すると、今この瞬間に結界が消え去ったところで不思議はないってことさ」

その言葉を聞きながら、ロイは再度溜息を吐く。

護衛を付けていた結界の要の人物が攫われた……どこかで聞いたような話だが、当然であった。

つまり……その結界の要という人物は、セリアのことなのだ。

ロイは驚き、同時に納得もした。

思い返してみれば、セリアは結界の異常に敏感に反応していた節がある。今回の一件はもちろん、アニエスが結界に何かしようとした時もそうだった。

今になって振り返れば、あれはそういうことだったのかと、全てが繋がる。

それならば、確かにセリアが攫われる理由にもなる。

もっとも、それはそれで悩みが増えるのだが。

「まあつまり、魔物への対処、ヴィーヴルの魔力捜しに加えて、結界の要となる人物も捜す必要があるってことなんだけど……これに関してはキミ達に詳細を話すつもりはない。この街にとってある意味最高機密だからね。緊急事態とはいえ、ここは譲れない」

何しろ、セリア本人すら自分が結界の要であるとは知らなかったようなのだ。

下手にその情報を広めてしまったら、たとえ今回セリアの救出に成功しても、また同じように彼女が利用されかねない。

それを理解しているのか、冒険者達から異論は出なかった。

「もちろん、その人物を助けないわけじゃないよ？　そこは信頼出来る者達に任せてほしいってことさ」

彼女は明言しなかったが、おそらくグレン達だろう。

ギルド職員に魔物が集まっている件を報告した際に、グレンは何やら深刻な様子でお偉いさんと話し込んでいた。この件の相談だったに違いない。

「じゃあ、何でキミ達にこの話をしたのかと言えば、そんな事情もあって、この場の全ての戦力を使うことは出来ないと認識しておいてほしくてね。機密を教えられるのが少数である以上、せめて戦力だけは最上位で揃えなければ厳しい。そういった事情も考えた上で、キミ達には外の魔物とヴィーヴルの魔力、どっちを担当するのかを決めてもらいたいんだ」

今回ギルドが冒険者達を集めたのは、緊急依頼という名目になっている。

普通の依頼は冒険者の自由意志によって受けるか否かを決められるが、緊急依頼は強制的に受けなければならない。

受けなかった者には罰則があり、最悪の場合は冒険者の資格を取り上げられる。

つまり、ギルドは今回の件をそれだけ重く受け止めたということでもある。

だがそのような緊急依頼であっても、どの役割を請け負うかは冒険者自身に決めさせるようだ。

ロイは冒険者達が割り振りをどうするか話し合っているのをぼんやり眺める。

そんな中、ふと視線を感じて顔を向けてみれば、グレンと目が合った。

「……グレンさん？　どうかしましたか？」

「……いや。お前はどうすんのかと思ってな」

「そうですね……魔物……いや、魔力捜しの方ですかね」

正直なところ、真っ先にセリアを助けに行きたいくらいだった。

しかし、街の存亡がかかったこの局面で、冒険者として最底辺であるＦランクのロイがそんな重大な任務に立候補して誰が認めるだろうか。

他の冒険者から反感を買うのは必至。下手をすれば全体の士気を下げる結果になりかねない。

ここはＡランク冒険者として実績も信頼もあるグレン達に任せるしかあるまい。

ロイはそう結論付けたのだが――

「ふんっ……お前、この期に及んで、まだそんなことを言ってやがんのか」

グレンは不機嫌そうに鼻を鳴らすと、ロイに呆れの篭った目を向ける。

やはり、Ｆランク風情がしゃしゃり出て機嫌を損ねたのだろうか。

それでも、ロイは食い下がる。

「えっ……ああ、いや、確かに、新人冒険者には魔力捜しすら荷が重いかもしれませんが、かといって何もしないっていうのは、さすがに気が引けます。余計なことをせず、探索だけに専念すれば、邪魔にはなりませんから……」

そう主張して、なんとか参加しようとするロイに、グレンは大きな溜息を吐き出した。

そして……

「……だから、そうじゃねえだろ。テメエが今ここで何をすべきかってことは、テメエが一番理解してるはずだ。そうだろ？　――元勇者」

グレンから放たれた言葉に、ロイは思わず絶句した。

グレンは真正面からロイを見据えており、冗談を言っている雰囲気ではない。

どうやら本気らしいと分かり、ロイは静かに口を開く。

「……どうしてそう思ったのか、聞いてもいいですか？」

「ふんっ……テメエだって、薄々気付いていたんだろう？　自分の力と周りの実力の差によ。BランクだAランクだって呼ばれている、自分より格上なはずの連中が、全然大したことねえ。あるいは、周りが恐れる高ランクの魔物が妙に歯応えがないってな。テメエは自分が特別な存在だってことを理解しながら、それでも、Fランクという与えられた枠に収まろうと、あえて気付いてないフリをしてたんじゃねえのか？　……いや、現実から目を逸らして、自分自身をも騙そうとしていたってところか？」

ロイの中でわだかまっていた疑念や不確かな思いが、グレンの言葉ではっきりと形を帯びていく。

内心をズバリ言い当てられたロイは、思わず感嘆の声を漏らした。

「あー……そこまで分かるんですか。参ったな……」

「当然だろ。俺は確かにSランクには至っちゃいねえが、この街で最強とも言われてるAランクだぞ？　その程度に気付けないわけがねえだろうが」

ロイとしてはグレンを甘く見ていたつもりはないのだが、結果的にそうなってしまった。

自分はまだまだだと反省するロイの傍らで、フルールが間抜けな声を上げる。

「って、へ⁉　ちょ、ちょっと待ってくださいっす！」

「あん？　なんだ、フルール？　今大事な話してんだが？」

「いやいや、こっちも大事っすよ⁉　え……ロイさん、自分がおかしいって気付いてたんっすか⁉　何でっすか⁉」

「いや、お前が何でだよ。つーか、普通に考えりゃ分かんだろ？　こんだけ異常なほどの差があるってのに、それに気付かねえわけあるかよ」

散々な言われように苦笑しつつ、ロイが応える。

「異常って言い方はどうかと思いますが……まあでも、そういうことになりますかね。それにしても、僕ってやっぱり勇者……なんですか？」

「――ったりめえだろ！　西方の支配者なんつーバケモンを仕留められるやつが勇者以外にいてたまるかよ」

「で、でも……なら、何でっすか？　どうして名乗り出なかったんすか？」

「……俺らが、こいつが自分の力や素性に気付かないことを望んだ。だからってところだろうよ。本人の望みもあったのかもしれねえがな」

「……本当に、さすがですね」

一応ロイ自身、この街に来た当初は、本当に自分の実力はよくてEランク程度しかないと思っていたのだ。

だが、幾度となく魔物との戦闘を重ねているうちに、周囲の認識と自分の手応えのズレを感じはじめた。BランクやAランク相当と言われる魔物も、やけにあっさり倒せてしまう。

しかし、自分の経験や知識が不足していて何か思い違いをしているのかもしれないと考え……あえてそうしたことから目を逸らしていたのである。

勇者の件だって、今になって思い返してみれば、魔王討伐隊時代にロイが置かれていた境遇には不自然な点が多い。

それでも、ロイには自分の周りの狭い範囲しか見えていなかった。客観的な――物事の大局を俯瞰する視点が欠けていた。

その自覚があったからこそ、今まで余計なことは考えず、面倒を避け、ひたすら与えられた役割を演じ続けてきたのだ。

誰にも望まれておらず、ロイ自身も望まなかった。

だから、それまでと変わらない日々を過ごしてきた。

「でも、意外でしたね。グレンさんも、僕が勇者だと気付いてほしくないと望んでいた一人だったんじゃないんですか？」

「……ま、お前がどんなやつか分からなかったしな。正直、今でも完全に信頼していると は言えねえ。そこまでの付き合いはねえからな。でも状況が状況だ。四の五の言ってる場合じゃねえ……だがな、選ぶのはお前だ」

「え……？」

「お前がこれまでと同じ道を選ぶってんなら、それでもいい。まあどっちにしろ面倒事が待ってるのは確実だろうしな」

「えっ、ちょっと待ってくださいっす！　グレンさんが指摘したんじゃないっすか⁉　それに、こんな状況なんすよ⁉　悠長（ゆうちょう）なこと言ってる場合じゃ……⁉」

慌てるフルールを、グレンが一喝（いっかつ）する。

「阿呆。忘れたのか？　俺達は冒険者だ。やりたいように、望むようにやるのが俺達だろうが」

「ええ……じゃあ何で指摘したんすか？」

「こいつが、望んでるのと違うことをやろうとしたからに決まってんだろ。俺達は先輩冒険者だぞ？　新人が間違ったことをやろうとしたら指摘してやんのが義務だろうが」

そう言って、グレンはロイにニヤリと笑ってみせた。

「えっと……僕が今まで通りの生き方を選んだら、グレンさんはどうするつもりなんですか？」

正直なところ、ロイにはまだ迷いがあったし、覚悟も決まっていなかった。

「どうもこうも、何とかするしかねえだろ？　そんなもの、お前が気にすることじゃねえ。ただ、そうだな……一つだけ俺から何か言うとすれば――お前はもっと欲張りになっていい、だな」

「欲張りに、ですか？」

「ああ。覚えとけ。欲しいもんを望んだだけ手に入れようとするのが、冒険者だ。そんで、テメエじゃ手に入れられねえようなもんを望むのも、な」

「じゃあ……一人ではどうしても手に入れられそうにないものがある場合は、どうするんですか？」

「んなもん決まってんだろ？　何のためにパーティーとかを組むと思ってんだ？　あとは、

そうだな……気が向けば、他のやつらが手伝うこともあるだろうよ」

「……そうですか」

ロイは頷き、その場を見回す。

気付けば、たくさんの視線が向けられていた。

内緒話をしていたわけではないのだから、話が聞こえていたのは当然だ。しかし……そこにロイに何かしてほしいと望むような色はない。

いや、強いて言えば一つ……決めるんなら早くしろ、といったものだ。

自分達の命が、街の存亡がかかっているというのになんともドライな態度で、思わずロイの口元が緩む。

自分のすべきことは、自分のみが決める。

なるほど……それが冒険者というものらしい。

そして……

ロイも今は、そんな冒険者の一人なのだ。

ならば……自分がしたいようにすべきなのだろうと。

その場をもう一度見渡しながら、自らの望みを告げるため、ロイは口を開いたのであった。

ふと目を覚ますと、セリアの目に映っていたのは見知らぬ光景であった。

薄暗いせいで何があるのかよく分からない。

予想だにしていなかった状況に、一瞬頭が混乱する。

慌てて周囲を見回しても視界はほとんど確保出来ず、ここがどこなのか分かりそうにない。

そうしているうちに、何とか目が慣れてきたらしく、ぼんやりと周囲の光景が把握出来るようになった。

セリアは思わず安堵の息を吐く。

「ここは……倉庫、でしょうか？」

セリアの宿よりも明らかに広そうで、天井が高く、壁も仕切りもないところから考えるに、その可能性が高そうだ。

少なくとも、人が住む部屋という雰囲気ではなかった。

問題は、どうして自分がこんなところにいるのか、だが――

「お、どうやらようやく目覚めたみてえだな。ちとやりすぎたかと思ったが……人を気絶させるってのは思ったよりも難しいもんだな」

「っ……!?」

聞こえてきた声に慌てて視線を向けると、部屋の隅に闇と同化するようにして、人影があることに気付いた。

物騒な発言内容にもかかわらず、セリアがそれ以上慌てなかったのは、その声に聞き覚えがあったからだ。

「その声……お医者様の護衛をしていた冒険者の方、ですよね？　えっと……確かお名前は……」

この男は以前、アモールの花という希少な花をだまし取ろうとした医者の護衛を務めていた、Bランクの冒険者であった。

確かギルドが派遣した他の冒険者に連行されていったはずだが……

「お？　顔だけは覚えていてくれたみてえだな。俺はジェロームってんだ。ま、この際名前なんてどうでもいいがな」

どうやら合っていたようではあるが、無論それで警戒を緩めるセリアではない。

となると、やはり気を失う直前に聞こえていた声も気のせいというわけではなく、この男のものだったらしい。

　そんなことを考えていると、さらに冒険者の男は言葉を続けた。

「で、だな。わざわざこんな場所まで連れてきたのは、他でもねえ。嬢ちゃんにこの街の結界をどうにかしてもらいたいからさ。それさえ終われば、これ以上嬢ちゃんをどうこうするつもりはねえ。悪くない話だろ？」

　何でもない調子で言ってはいるものの、どう考えても脅しである。

　だが、セリアは首を縦に振らなかった。

　それは脅しに屈したくなかったのではなく、単純に彼が言っていることの意味が分からなかったからだ。

「……この街の結界、ですか？　あの……そんなものをわたしにどうにかしろと言われましても……」

　セリアは冒険者ですらない、ただの宿屋の娘だ。

　魔法だって使えないし、結界をどうにかしろと言われても出来るわけがない。

　戸惑いの目で男を見つめると、男も僅かに困惑したような声を上げた。

「あん？　とぼけてる……ってわけじゃなさそうだな。どういうことだ……？」

　それを聞きたいのはセリアの方なのだが……彼女がそう口にするよりも先に男が続けた。

「……おい嬢ちゃん、自分の父親がどんな人間か、どれくらい知ってやがる？」

「お父さん……ですか？　いえ、どれくらいと言われましても……」

その質問がセリアをさらに混乱させた。

今の状況に何の関係があるのか分からないし、何よりも彼女は父親に関してほとんど何も知らなかった。

物心付いた頃には母の姿しか記憶にはなく、父の顔も覚えてはいない。

無論、気になって何度か母に聞いたことはあるのだが、その度に何とも言えない表情ではぐらかされてしまった。

ただそれは、決して嫌な感じのするものではなく、話したいけど話せなくて困っているように感じた。

そういう雰囲気を当時のセリアは敏感に感じ取ってしまい、それ以降母の前で父の話はしなくなった。

だから実のところセリアは、父親がどんな人物であったのかはもちろん、彼の名前すら知らないのである。

そんなセリアの様子を見て状況を察したのか、ジェロームは舌打ちした。

「なるほどな……何も知らねえってわけか。考えてみりゃ、そうするのは当然か。知らなけりゃ悪用されることもねえし、普段の言動からバレる心配もねえんだからな」

「悪用？　あの、一体何を……？」

「別に難しいこっちゃねえよ。単に――嬢ちゃんの父親が、この街の創設者の一人だってだけのこった」

「……え？」

予想だにしなかった言葉に、セリアは目を瞬かせた。

確かにセリアはこの街で生まれたし、母はこの街が作られた当初から住んでいると聞かされている。

だが、まさか父がこの街の創設者の一人であったなど……

ジェロームはセリアの驚きを面白がるように話を続ける。

「しかも、ただの創設者じゃねえぜ？　この街に結界を張ったまさにその人……つまりは、魔導士ってわけだ。ま、あんまり身体が強くなかったらしくて、既に死んじまってるみてえだがな。ったく、惜しい話だぜ。こんだけのもんを張れるんなら、やり合ったらさぞ楽しかったろうによ」

「魔導士、ですか……お父さんが……」

セリアはそれを初めて聞いたが、不思議と嘘だとは思わなかった。

むしろ本能的な部分で奇妙な納得感を覚える。

そういう理由があるなら、母が父のことを話そうとしなかったのが理解出来るような気がした。

「……何も知らなかったって割には大して驚いてねえな。ま、魔導士の血を引いてるってんなら、本能的に悟っていても不思議じゃねえか。まあ、そういうわけで、この街の結界をどうにかするには嬢ちゃんが必要なんだわ」

先ほどまでは自分とは無関係としか思えなかったが、急速に状況が理解出来るようになる。

この街の結界の話はセリアも聞いたことがあった。

物凄く強固で、街の創設者の一人である魔導士とその血族にしか解除は不可能だとか。

それならばセリアにどうにかしろと言うのも納得だ。

もっとも……

「……わたしはたった今まで、自分のお父さんがこの街の結界を張ったということを知りませんでした。そのわたしにどうにか出来るとは思いませんが？」

「いいや、方法は俺が知っている。この街の結界は強固であるがゆえに単純だ。嬢ちゃんが結界に触れながら解除したいって思ったら、それだけで解除出来るんだとよ。まあだからこそ、嬢ちゃんには何も知らせなかったんだろうがな」

「……そうですか」

そんなことだろうとセリアは納得した。だからジェロームは彼女に協力させようと、親切にあれこれ教えてくれたのだ。

そしてセリアの答えはもう決まっていた。

「……分かりました」

「お、やってくれるか？」

「いいえ。わたしはあくまで理解出来たと言っただけです。そういうことでしたら、わたしはあなたの思い通りに動くつもりはありません」

「……ほう？　嬢ちゃん、今がどんな状況か、本当に理解してんのか？」

言いながら、ジェロームが部屋の隅から一歩前に踏み出した。

未だその姿は薄ぼんやりとはしているものの、殺気を帯びた視線を向けていることは分かる。

セリアはごくりと喉を鳴らし、それでもはっきりと告げた。

「もちろんです。わたしのお父さんがこの街に結界を張ったというのでしたら、それはこの街の人達を守るためだったはずです……わたしはそんなお父さんの娘として、結界を解除する気なんて微塵もありません！」

「はっ……まさかこの状況でそんな啖呵を切るなんてな。いや……考えてみりゃ、母親のために魔の大森林にまで行くような嬢ちゃんだったか。なら、これも納得ってもんだな」

ジェロームの声は怒りよりも楽しさが勝っているようである。

だがセリアは再度喉を鳴らす。

さらに一歩近付いた男からは、先の比ではない、セリアでも感じ取れるほどの明確な殺気が噴き出していたからだ。

「個人的にはそういう答えは嫌いじゃないが……生憎、今求めてるもんじゃねえ。っていうか、嬢ちゃん、まさか勘違いしてるんじゃねえだろうな？　俺が嬢ちゃんのことを傷つけるつもりがないとでも思ったか？」

その瞬間、セリアの視界が動いた。

僅かに遅れて身体に衝撃が走り、息が詰まる。

「――かはっ⁉」

壁に叩き付けられたのだということが分かったのは、背中に冷たい感触があったからだった。

「個人的には抵抗もろくに出来ねえ女子供をいたぶるってのは好きじゃねえんだが、そうしねえと楽しめねえってんなら、話は別だ。嬢ちゃんには何が何でも協力してもらうぜ？　ああ、助けとかは期待しねえ方がいい。何せ、ここで何が起ころうが、嬢ちゃんが泣こうが叫ぼうが、外には何も伝わらねえからな」

ジェロームは凶暴な笑みを浮かべて一歩踏み出す。

しかし……

「これ以上痛い思いをする前に――あん？」

ジェロームが怪訝そうな声を出したのと、セリアが疑問を感じたのは、おそらく同時であった。

確かにさっきは衝撃を感じたし、息も詰まったが、セリアは今、痛みなどまったく感じていなかった。

「……傷一つねえ、だと？　いや、考えてみりゃ感触もおかしかったな……試してみるか」

男がそう呟いた瞬間、再びセリアの身体が壁に叩き付けられた。

「――っ⁉」

しかしやはり、一瞬息が詰まるものの痛みはない。

どういうことだろうかと思ったまさにその時――懐から〝それ〟が転がり落ちた。

この間ロイから貰った、綺麗な赤い宝石のようなものだ。

「あ？　なんだそれ——まさか竜の涙、か？　——ちっ、そういうことか……！」

その宝石を目にした瞬間、男は慌てて何かをしようとしたが——直後、今度は男の身体が吹き飛び、壁に叩き付けられた。

そして——

「よっと。セリア、大丈夫だった？　変なことされてない？」

いつの間にか、セリアの眼前に一人の少年がいた。

薄闇の中ではあったが、それが誰であるかなんて考えるまでもない。

「……ロイ、さん？」

セリアは呆然と、その少年の名を呟いたのであった。

第四章　冒険者達の戦い

ロイはセリアの全身をざっと眺め、無事を確認すると、思わず安堵の息を吐いた。

状況から考えるに、どうやら念のために仕掛けておいたものが役に立ったらしい。

竜の涙をセリアに渡す際、いざという時に防御結界が発動するようにしておいたのが、功を奏したようである。

「はっ……来るかもしれねえって考えちゃいたが、さすがにこんなに早いってのは予想外だな。だがまあ、ある意味都合がいい」

背後で人が動く気配を感じて視線を向けると、ロイが蹴り飛ばした男がゆっくり起き上がろうとしているところであった。

特に怪我らしいものをしている様子はないが、セリアから引き剥がすのが目的だったので、不思議ではない。

その男の顔を見て、ロイが目を細める。

以前、受付職員のアリーヌは、この男はもう死んだとロイに告げた。しかし彼女の言葉は嘘で、実際は余所の街のギルドへ移送されていたはずだ。

偽情報を掴まされたと分かった時点で、そのうちこうして再びまみえるのではないかという予感がロイにはあった。

ロイはあえて〝殺された〟と口にして相手の反応を見る。

「……確か殺されたって聞いたけど？」

「はっ、俺が殺されただ？　そんなことが出来るやつがいるんなら、是非とも会ってみたいもんだぜ。とはいえ……そういう話になってるんなら、わざわざ護衛の連中をバラバラにした甲斐があったってもんだな」

男の顔に貼り付く冷酷な笑みを見て、ロイは首を傾げる。

そもそも彼は捕縛されて、移送の馬車には護衛もついていたはずなのに、どうして逃げられたのか。さらに、何故この街に戻ってセリアを攫ったのかなどなど……疑問は尽きない。

色々と分からないことは多いが……ロイは言葉の代わりに溜息を吐き出した。

「……そっか」

「はっ、どうでもいいって面だな。どうしてこんな真似をしたのか、気になんねえのかよ？」

「まあ、確かに気にはなるけど……どうせ聞いたところで答えてくれないだろうしね」

男にはロイの疑問に答える義理も理由もない。

気にするだけ無駄だと思ったのだが――

「おいおい、それはちょっと失礼じゃねえか？　俺はこれでも気前の良さにゃ定評があるんだぜ？」

「……へえ？　じゃあ、一体何が目的でセリアを攫ったのか聞いても？」

「そうだな、俺としては〝面白そうだったから〟なんだが……聞きたいのはそういう話じゃないんだろ？　ま、簡単に言っちまえば、この街をぶっ壊すためだ」

結界を壊し、外に集まっている魔物に襲わせる――ある意味予想通りの答えだった。

「……何のためにそんなことを？　この街を壊してどんな得があると？」

「あ？　得？　んなもんはねえよ。いや、ないって言い切っちまうのも違うかもしれねえが、少なくとも俺にとっちゃあ坊主が考えるような得はねえぜ？　だいたい、ほとんどのやつらの動機は〝気に食わねえから〟だろうからな」

「気に食わないから……？」

「ああ。よくあるだろ？　別に自分は何か損をしているわけじゃあないが、誰かが得をするのは気に食わねえってな」

ロイにも、男が言わんとしていることは分からないでもなかった。日常生活の中でもそういう感情を抱く時がある。

だが、それだけでこんなに大きな話に発展するものだろうか？

ロイは首を捻る。

「……ルーメンってそこまで恵まれているんだっけ？　まあ、僕もこの街についてそれほど知っているわけじゃないけど」

少なくとも、街を壊されるほどの嫉妬や羨望を集めるほどではなかったはずだ。

「はっ、ここぞとばかりに聞いてくるじゃねえか。ま、別に構わねえがな。気分が良いから気前よく答えてやろう。別に難しい話じゃねえさ。この街が恵まれているかどうかなんてのは、関係ねえんだ。鬱憤を晴らすのにちょうどいい相手がいて、その手段があった。なら、実行しない手はねえ……そうだろ？」

極端な話ではあるが、そう考える連中がいてもおかしくはない。

特に、冒険者などという危険と隣り合わせの職業を続けていると、どこかで頭のネジが外れてしまう者も多いだろう。

とはいえ、ロイには今ひとつピンとこなかった。

「……そこで同意を求められてもね」

ロイの冷たい返事を聞いて、男はわざとらしく肩をすくめる。

「はっ、そうかよ。分かってもらえないとは、残念だぜ」

そんな中、セリアが思わずといった様子で口を開く。

「……あの、ジェロームさん。あなたは、どうして今になってこんなことを？」

「あ？」

「この街が出来て、二十年以上経っていると聞いています。ですが、その間特にこの街を取り巻く環境が変わったとは聞いていません。なのに……」

「ああ……ま、確かに今更っちゃあ今更だ。嬢ちゃんが言うように、この街を取り巻く環境は昔から何一つ変わっちゃいねえからな。不満が爆発したってんなら、もっと早くに爆発してたっていいはずだ。が、それもまた難しい話じゃないんだぜ？　変わってねえのは、あくまでもこの街に限った話なんだからな。ま、だからこそでもあるんだが」

「それは、どういう意味ですか……？」

「だから言ったろ？　難しい話じゃねえってな。嬢ちゃんだって知ってんだろ？　——魔王が倒されたって話はな」

「魔王が倒された、ですか……？　もちろん知っていますが……それと一体何の関係が？」

「今までは魔王の対応で手一杯だったからな。だが、魔王がいなくなったおかげで、周りを見る余裕が出来た。そしたらほれ、自分達は長い戦いで疲れ果ててるってのに、昔と何も変わってねえやつらがいる。目障りで仕方ねえって思わねえか？」

「なっ……そんな理不尽な理由で、ですか……!?」

「もちろんそれだけじゃねえぞ？　特に冒険者連中はそういうのとはまた別だが、それでも魔王が関係あんのは変わりねえ。まあ、こっちは正確に言えば魔王討伐隊だがな」

「魔王討伐隊が……？」

自身が所属していた部隊の名前が出て、ロイは思わず呟いた。

少なくともロイが知る限りでは、あれは完全に魔王を倒すためだけに結成されたもので、冒険者に不利益を働くような存在ではないはずだ。

同じことを思ったのか、セリアはちらりとロイに視線を向けながらジェロームに尋ねた。

「……魔王討伐隊の方々が、冒険者の皆さんに何かをしていたのですか？」

「いや？　別にそういうわけじゃねえぜ？　これは言っちまえば妬み（ねた）だからな」

「妬み……？」

「魔王討伐隊が無事役目を果たしたことで、そいつらは勇者だ英雄だと持ち上げられるようになった。それが冒険者連中には……この街にいたやつらには気に入らなかったのさ」

セリアは信じられないとばかりに目を見開く。

「この街にいた人達が、ですか……？」

ロイはアニエス達が何をしようとしていたか、セリアには特に話してはいなかった。

その必要がなかったからであり、無駄に不安にさせてしまいそうだったからである。そんなセリアからすれば寝耳に水だったに違いない。

もっとも、まともな神経をしていれば、自分達が拠点としている街を自分達の手で壊そうとしているなどと、予想出来るわけがないだろうが。

「魔王はいねえが、最前線で魔物と戦ってるのはここの冒険者も変わらないんだぜ？　なのに、ここの冒険者が持ち上げられることはねえ。それは不公平じゃねえかってな」

「……この街の冒険者は、他の街と比べれば随分扱いが良いって聞いたけど？」

ロイの指摘をジェロームは鼻で笑う。

「ふん……冒険者として考えるならな。結局のところ、冒険者以上ではねえ。どの道鼻つまみ者には変わりねえってことだ。ま、当たり前だし、てめえで選択した生き方なんだから、そこに不満を持つ方が間抜けなだけなんだが……冒険者なんてのは所詮自分勝手なやつらだろ？」

ジェロームの言葉にセリアが眉をひそめる。

「……他人事のように言うんですね？　あなたも冒険者でしょうに」

「俺はそんなくだらねえ理由でここにいるわけじゃねえからな。ま、理由はそれぞれだ。都合がいいから乗ったやつもいれば、もっとどうでもいい理由のやつもいる。それらは全部てめえ自身の勝手な都合に違いないが……何事もなければ、こんなことは起こらなかった」

「魔王が倒されさえしなければ、と言いたいんですか？　……それはただの、責任転嫁だと思います」

「確かにな。そういう面があるのを否定はしねえぜ？　だが、事実でもある」

「……魔王を倒したせいでこうなった、か」

それはロイが初めて聞いた言葉であった。

今まで魔王が倒されて喜ぶ人を目にしたことはあっても、それで不満を爆発させる人がいるとは思ってもいなかった。

魔王は人類の敵で、魔王討伐は人類全ての悲願だったはずだ。とはいえ、それによって損をする者がいたとしてもおかしくはない。

たとえば傭兵に兵士に武器商人、そして冒険者。

魔王との戦いに身を投じることで自分の生活を成り立たせていた者にとっては、戦いの終結が必ずしもプラスに働いたとは限らない。

今までロイがそういった話を耳にする機会がなかったのは、何だかんだで周囲から守られていたからなのかもしれない。

あるいは、厄介事が起こらないように遠ざけられていただけか……

何にせよ、魔王が倒されたせいでこの男達が事を起こすに至ったというのならば、当事者としてそれを受け入れなければならないのだろう。

もう目は逸らさないと決めたのだ。

もし、自分が本当に勇者であるならば――

「……ちゃんと責任は、取らないとね」

ロイが呟いた言葉に、男とセリアの両方から反応があった。

ジェロームは怪訝そうに目を細め、セリアは戸惑いと、僅かな驚きをこぼす。

「責任、だぁ……？」

「……ロイさん？」

だが、ロイはそれらには構わず、言葉を続けた。

「ところで、今までの話を聞いててちょっと気になったんだけど……言い方からすると、それなりの数の人が関わっているみたいだよね？」

大量の魔物を利用して一つの街を壊そうというのだ。

数人で実行出来る規模の話ではない。

たとえAランクの魔導士や冒険者ギルドの職員が関わっていたとしても、それだけでは
どう考えても不可能であった。

「……ああ？　まあ、坊主の言う通り、割と色んなやつが関わっているらしいぜ。一番多いのは冒険者で、商人とか邪教のやつらもいるんだったか？　ま、俺も詳しいことは知らねえんだがな」

「そっか……じゃあ、当然そういう人達をまとめている人もいるわけだよね？」

ロイが気になっているのは、その点であった。

これだけの事態を引き起こしたのだ。何者かが裏で糸を引いていると考えるのは当然だ。

そして、その相手をどうにかしない限りは責任を取ったとは言えない。

ロイの直球すぎる質問に、ジェロームが苦笑する。

「本当に遠慮なしで聞いてきやがんな。だが、それに関しちゃ誰とは言えねえ」

「……やっぱりダメだよね」

気前がいいと言っても限度がある。

ならば別の方法で情報を仕入れる必要があるだろう……と、ロイが腹を括(くく)ったところで、ジェロームは予想外の言葉を口にした。

「誤解(ごかい)があるみたいだから言っとくが、別に俺は教えないって言ってるわけじゃねえ。言葉通りの意味だ。そんなやつはいねえから、教えようがねえんだよ」

「……は？　いない……？」

ならどうやって纏まったというのか。

指示役がいなければ、連携(れんけい)を取ることも困難なはずである。

唖然とするロイを、男が嘲笑(あざわら)う。

「つーか、坊主は根本的に勘違いをしてやがんだよ。そもそも、俺達は最初から協調してなんかいねえんだよ。何せ、始まりからしてそんなもんだったんだからな」

「協調していない……？　でも、現にこうして……」

「まあ、傍(はた)から見たらそう見えるのかもしれねえが、少なくとも俺達自身が協調するつもりなんざ欠片(かけら)もなかったのは事実だぜ？　俺達はただ、この街を壊すって結果を作り出すべく、それぞれがそれぞれの目的のために好き勝手やっていたに過ぎねえ。実際、大半のやつらが互いに何をしてたのかなんて知らねえし、それどころか誰が参加してたのかすらろくに知らねえ。あの魔女だけはある程度把握してたみてえだが、それだって、結局は自分の目的を果たす上で都合がいいからだろうしな」

　男が嘘を吐いている雰囲気は感じられなかった。

　そもそも、ここで嘘を吐く理由もない。

「じゃあ、本当に……こんなことが起こるとは知らなかったと？」

「いや？　ここを魔物に襲わせようとしてるのは知ってたぜ？　そのための方法もある程度はな。ただ、成功するとはこれっぽっちも思っていなかったが。きっと、他の連中も同じだったと思うぜ？」

「成功するとは思わなかったのに、行動したって……」

　ロイは男達の行き当たりばったりな行動に呆れて溜息を吐いた。

「言っただろ？　俺達にはそれぞれ目的があったってな。この街を壊すのはあくまでもその結果でしかねえ。それに大半のやつらが好き勝手やれりゃその結果がどうなろうと構わなかったってこったろうぜ」

「じゃあ、成功させるつもりはなかったのに、成功しちゃったってこと？」

「実際こっちからしてみりゃ本当にそんな感じだったんだぜ？　何せ必須でありながら最大の難関があったからな」

　そう言って、男はロイに不敵な目を向ける。

「魔物ってのは基本的には動物と大差ねえ。餌を使えばおびき寄せられるし、その餌が極上なら今みたいなことにもなる。だがそれも、やつらを束ねる長がいなければ、という条件付きだ。そしてあの森には、やべえのがいやがった。ついこの前まではな」

「……西方の支配者」

魔王と同格とされていた魔物。

ロイが実際に戦った感覚としては大して脅威に感じなかったが、個体の実力というより、従う魔物達も含めた勢力全体を指して魔王に匹敵するという話なのかもしれない。

何にせよ、人類にとっては脅威だった。

「あの魔女は冒険者達を使って何とか出来ないか試すつもりだったみてえだが……ま、普通は上手く行くとは思わねえよな」

だが、そんな魔王に匹敵する存在は、あっさりと葬られた。

ロイが、何も知らずに倒してしまったのだ。

「西方の支配者が健在なら、それぞれが多少の嫌がらせをして、少しばかり街が混乱する程度で終わりだっただろうな。だから結局のところ、こうなったのは偶然に過ぎねえってわけだ」

「……なるほどね」

ロイが余計な真似をしなければ、ここまでこじれなかったということらしい。

とはいえ、あの時セリアに手を貸してアモールの花の採取に行かなければ、セリアは森で死んでいただろう。そして、彼女の母親も助からなかった可能性が高い。

それを考えれば、後悔などする気にもなれなかった。

事情を知っていたとしても、ロイはセリアに協力しただろう。

しかし、結局は自分の行動が理由でこうなっているというのならば、責任は取る必要がある。

そしてその覚悟も出来ている。

一つ息を吐き出すと、ロイはまっすぐにジェロームの姿を見つめた。

「さて……いい加減聞きたいことは聞けたかよ？」

「そうだね……じゃあ、最後に一つだけ。どういうつもりでこっちの質問に答えたのかな？　そっちには何の得もないはずだけど」

ここまで男が語った話の中に嘘と思われるものはなく、また、ロイを騙して何かを仕掛けようとしているような素振り（そぶ）りもなかった。

「どういうつもりも何も、最初に言ったろ？　俺はこう見えて気前がいいってな。それに、何も知らない野郎にネタバラシをするのは楽しいもんだろ？　あとはそうだな……冥土（めいど）の土産ってやつだな」

「――っ」

瞬間、男が放つ威圧が一気に増し、セリアは息を呑んだ。

ロイは殊更驚きはしなかったものの、ジェロームから感じられる強さが明らかに以前の比ではないことを疑問に思って首を捻った。

確かこの男はBランクの冒険者だったはずなのに、今感じる気配はルーメンで最強の冒険者と呼ばれているグレンよりも確実に上である。

セリアを攫った相手は、Aランクの冒険者を瞬殺したという話ではあったので、この男がそれだけの力を持っているのは事実だろう。

それにしても、ロイがこの男と会ってからそこまでの時間は経っていないのに、ここまで急激に強さが上がるというのは、少々不可解であった。

「はっ、さすがだな……どうやら俺が今までと違うと気付いてるみてえだな」

「何かの手段で強引にパワーアップした……ってわけじゃなさそうかな？　不自然なところがないどころか、むしろ力がよく馴染んでるように見えるし」

ロイの分析を聞き、ジェロームは自信たっぷりに頷いてみせる。

「そりゃあな。馴染んで当然だろ？　これが俺の元々の力なんだからよ。ま、力が抑えら

れてた間も鍛えてたから、以前よりも力自体は増してるがな」

「力を抑えられていた……？　確か、問題を起こした冒険者はランクが降格になって力を制限されるみたいな話を、前に聞いたことがあるけど……」

「昔ヘマしちまってな。ちなみに俺が今回参加した理由の一つは、それだぜ？　手を貸す代わりに、封印を解いてくれるっていうからな。もちろん、面白そうだって思ったのもあった……実際こうして〝面白いやつ〟と会えたしな」

「面白いねえ……まあ、何を考えるかは、その人の自由だけどさ」

「はっ、こっちが何考えてようがどうとでもなると言いたげじゃねえか」

ロイがどうにかなると思っているのは事実だった。

確かに今のこの男の力はグレンよりも上のようではあるが、逆に言えばそれだけだ。ロイが負ける理由にはなりえなかった。

「この俺を前にしてその態度は気に入らねえな……だからこそ面白くもあるか。楽しみだぜ、その顔が、絶望に歪む時がよ」

「そっか……来ればいいね、そんな時が」

「ああ、すぐに来るさ」

そう言って、ジェロームは心底楽しげに口角を吊り上げた。

何がそんなに楽しいのかと、ロイは溜息をこぼす。

何一つとして理解は出来ないが、この男を放っておくわけにはいかない。

ジェロームが構えるのに合わせ、ロイもゆっくりと構える。だが、動き出す前に、男がふと思い出したかのような様子で口を開いた。

「そうだ、おっぱじめる前に、一つ坊主に聞きてえことがあった。こっちは散々質問に答えてやったんだ、一つくらい構わねえだろ？」

「……内容次第、かな？」

「別に大したことじゃねえよ。どうしてここが分かった？　その竜の涙は多分坊主が渡したものなんだろうが……この場所はそういうのを探ろうとしたところで遮断されるはずだぜ？　あの魔女が結界を張ったからな」

彼らが今いる倉庫は、先日ヴィーヴルが隠されていた場所だ。ヴィーヴルが持つ膨大な魔力を一切外に漏らさない、強力な隠蔽の結界が施されている。

「……んー、というかむしろ、だからこそ、かな？」

ロイは探知があまり得意ではない。

本来であれば攫われたセリアを見つけるには、地道に足で捜す以外になかっただろう。

しかし、ロイはセリアに竜の涙をプレゼントして渡していた。いざという時に彼女の身を守れるように、防御魔法を仕込んで。

手に入れた竜の涙にヴイーヴルの魔力は残っていなかったので、当然込めたのはロイ自身の魔力である。だから、それを辿れば、探知が苦手なロイでもこの街の中くらいの範囲ならすぐに捜し当てることが出来るはずだった。

ところが……いざ捜しはじめてみると、まったく魔力の反応が感じられなかった。

しかしそれゆえに、場所の見当が付いたのである。

「見つからないってことは、逆に見つけられないような場所にいるってことだからね。魔物の大群に囲まれた状況で街の外に出るとは思えないし、街の中でそういう場所がないかと考えて、ここに結界が残されていたのを思い出したんだよ。真っ先に確認しに来るのは当然でしょ？」

そもそもロイがセリアの捜索を最優先にしたのは、この街を守る上で彼女の安全を確保する必要があったからというだけではない。

場所の見当が付いていたのが大きな理由だった。

さすがに当てもなく捜すしかなかったのであれば、たとえ個人的に安否が気になっていたとしても、探知能力に優れた他の人に任せていただろう。

もちろん、この場所を他の誰かに伝えて自分は外の魔物の対処に当たるという手もあるにはある。しかし、今やロイも冒険者の一員なのだ。

その流儀に従って、自分の好きなようにやってはいけない理由はない。

「はっ、なるほどな。確かに言われてみりゃあその通りだ。やっぱ慣れないことするもんじゃねえな。ま、失敗したって別にいいさ。その分俺にはまだ伸び代があるって話だからな」

楽しそうな笑みを浮かべる男に、ロイは眉をひそめる。

「……随分前向きな考え方だね」

「だからこそ、俺はここまでの力を得たんだ。つーか、考えてみりゃ、別に失敗してもいいねえのか。――どうせ最後にここに立ってんのは、俺一人になるんだからな」

その言葉と同時に、男の全身から殺気が溢れた。

どうやら今度こそやる気らしい。

ロイは男を見据えて、一つ息を吐き出した。

「ごめんセリア、もうちょっとだけ待っていてもらっていいかな？　多分、そんなに時間はかからないからさ」

返答を聞く暇はなかった。

ロイの言葉が不服とばかりに、男が槍を突き込んできたからだ。

直後、刃と刃がぶつかる甲高い音がその場に響いた。

◆◆◆

甲高い音が立て続けに響くその光景を、セリアはただジッと眺めていた。

単にそれしか出来ることはなかったと言うべきかもしれないが、ロイが助けに来てくれた以上、彼女が何かする必要などない。

むしろ余計な真似をしたらロイの足を引っ張ってしまうだろう。

薄闇の中であるため戦闘の詳細は分からないものの、戦いの様子を見る限り、明らかにロイが押しているようだった。

剣を振るうロイの顔は涼しげですらある。

……と、そこまで考えたところで、ふと違和感に襲われた。

「……押している、ですか？」

セリアは自分の思考を口に出し、何がおかしいのか気付いた。

ロイはジェロームを押している――別の見方をすれば、倒しきれていないということである。

ロイが実際にどれほどの実力を持っているのか、彼女は正確に理解していない。それでも、彼が西方の支配者を名乗ったあの強大な魔物を瞬殺したのを目の当たりにしているので、ロイが規格外の力を持っているだろうと容易く推測出来た。

そのロイが倒しきれないのならば、あの男は西方の支配者をも上回る力を持っているということになる。

確かに先ほど感じた威圧や殺気は、セリアでも分かるほど強大ではあったが……西方の支配者と比べると、正直、そこまでではないように思えた。

瞬間、一際激しい音が響き、思案に沈んでいたセリアの意識は現実に引き戻される。

ロイの様子に変化はなく、ジェロームが後方へと大きく飛び退いていた。

この状況を見ても、やはりロイの方が実力が上回っているのは明らかだった。それなのに、ジェロームは未だ傷一つ受けていない。

どういうことなのだろうかと眉をひそめていると、男が楽しげな声を上げた。

「はっ……まったく攻撃が通らねえどころか、こっちが押されるか。ったく、本当に大したもんだぜ」

「……お褒めに与り光栄です、とでも言っておこうかな？　でも、そう言うわりに余裕そうな気がするけど？」

「そりゃあな。最初から手の内を晒す間抜けがいるかよ……とはいえ、力を解放した今の俺と張り合えるだけでも、大したもんだ」

「……それって、僕のことを褒めているようで、自分が凄いんだって自慢してないかな？」

「実際、その通りだ。何せ俺は、Ｓランクに相当する力を持ってるんだぜ？　これは別に自惚れで勝手に言ってるわけじゃねえ。ギルドからそう判定されたからな」

「――っ」

Ｓランクという言葉に、セリアは思わず息を呑んだ。

確かにそれならばロイが未だ倒せていないのも納得ではあった。

ロイも何か思うところがあったらしく、首を捻っている。

「Ｓランク……？」

「なんだ？　信じられないってか？」

「いや……前にＳランク相応の冒険者の素行（そこう）に問題があって処分を受けたって話を聞いたことがあったからさ。もしかしたら本人なのかと思って」

「ああ……ま、俺以外にそんな話を聞いたことはねえから、そうなんだろうな……ったく、馬鹿な話だと思わねえか？」

「自分が？」

「いいや？　他の冒険者共が、だ。冒険者なんてもんは、好き勝手やって当然だろ？　なのに他のSランクはもちろんのこと、AランクやBランクの連中ですら処分されたなんて話は聞かねえ。それだけの力があるのにギルドの言いなりになって、どこが冒険者らしいってんだ」

「他の冒険者はわきまえてるってだけじゃないかな？」

「はっ、くだらねえ。大人しくギルドの言うことを聞くくらいなら、最初から冒険者になんざなるんじゃねえよ」

ジェロームが言う通り、冒険者が好き勝手している印象があるのは事実だ。

昼から酒を飲み、酔って乱暴を働き、気に入らない相手は力で黙らせる。法律や街のルールなど関係ないとばかりに我が物顔で振る舞う。

だが、そんな人ばかりではないということも、宿屋の娘として、少なくない数の冒険者と触れ合う機会があるセリアは知っていた。

……何よりも、セリアや母を助けてくれたのは、他ならぬ冒険者の少年なのだ。

もっとも、そのロイが一般的な冒険者に当てはまるかは別だが。

男の言葉が理解出来ないとばかりに、ロイは肩をすくめる。

「好き勝手やるのが冒険者だって言うんなら、それこそ何をどうしたところで文句を言われる筋合いはない気がするけど？」

「はっ……なるほど。どうやら意見は合いそうにねえようだな。なら、見せてやるぜ。これが本当の……テメエ自身のためだけに生きる冒険者だけが至ることの出来る境地ってやつを」

男がそう言った瞬間――

薄闇が僅かに揺らいだかと思えば、先ほどよりもさらに大きく激しい衝撃音が響いた。

しかも、今まで優勢を保っていたはずのロイの身体が、僅かにではあるが押され、後ずさったのだ。

その光景を前に、セリアは思わず叫んでしまう。

「っ……ロイさん⁉」

しかし、後退こそしたものの、ロイに大事はなさそうだ。さすがに涼しい顔とはいかないようで、何かを探るように目が細められ、ジェロームを見据えている。

「今のは……急激に力が増した？　とはいえ、今までが力を抑えてたって感じでもなかったし……本人よりも、その槍の方に秘密がありそうかな？」

「はっ……今のでそこまで見破るのかよ。本当にさすがだぜ。だが……生憎、分かったところでどうにもならねえぜ？　何せこの力の源は、本来俺達人間じゃどうあっても手にすることが出来ねえもんなんだからな」

そう言ってジェロームが槍を振るうと、その槍が淡く光りはじめた。

どうやらハッタリではなかったらしい。

魔導士であったという父の血のせいだろうか、セリアにはあの光が何によって引き起こされたものかが分かった。

アレは……可視化された魔力である。

物凄く濃密で強大な、それこそこの男の言うように、人が手にすることなど出来ないはずの莫大な魔力であった。

「――ヴイーヴルの魔力。これが、竜の力を宿した人間の力ってわけだ。今の俺なら魔王だって倒せるぜ？」

ヴイーヴルという名に、セリアは思わず息を呑んだ。

冒険者の客が話題にしていて、セリアにも聞き覚えがあった。

瞳に莫大な魔力を蓄えているという竜の一種で、その魔力はあらゆる傷を癒し、寿命を延ばすとされる霊薬の原料になるという。

それほど特別で強大な魔力を宿しているのなら、セリアが感じ取れるのも納得である。

しかし、そんな希少なものを一体どうやって用意したのか。たとえ元Sランク相応の冒険者であろうと、簡単に手に入れられる代物ではない。

しかし……ロイは納得の表情を浮かべた。

「……なるほど、そういうことか。ここにヴイーヴルを隠していたのは、ソレから目を逸らす意味もあったんだね。魔力を感じたところで、ヴイーヴルがここにいたから当然だって思わせて、ここにはそれ以上の何かはないと錯覚させるためだったたってわけか」

そう言って、ロイは地面へと視線を落とす。

つられるようにセリアも顔を下に向け、僅かに眉をひそめる。

ロイが言っているからそう思うだけなのかもしれないが、あの男の持つ槍から感じる力と同種の力が、僅かながら感じられる気がした。

「はっ……話が早いじゃねえか。そういうこった。本来なら、アレを街中で暴れさせて注意をそっちに向ける手筈だったんだがな。ま、結果的には上手くいった」

「まあ確かに、まんまと騙されちゃったね。それで……この下にヴイーヴルから奪い取った魔力が隠されている、ってことでいいのかな？」

ロイの問いに、ジェローームはあっさりと頷いた。

むしろ、ようやく気付いたかと言わんばかりに、その顔には笑みが浮かんでいる。

「おう。ちょうど俺が立ってる場所の真下だ。そんでその魔力は、この槍と繋がっている。

もっとも、この槍と繋がってるのは、誘導のためだったらしいがな」

「誘導……？」

「この建物に魔力を遮断する結界が張られているのは知ってるよな？　ところが、あの魔女の話じゃあ、この魔力、近くでは感じられなくても、遠くからはしっかり感知出来るよう処理してあるらしいぜ？　ちょうどあの森の真ん中くらいまで離れれば、結界による隠蔽が効かなくなって、よく感じ取れるんだそうだ。ただそれは、魔物共がこの街に近付けば近づくほど分かりにくくなるってことでもあるからな」

「……そこで、上手く暴れなかった時には、その槍を使ってヴィーヴルの魔力を感じ取らせて、任意の場所に誘導しようと？」

「そういうこった。とはいえ、この槍にヴィーヴルの魔力が宿ってることに違いはねえからな。俺にもしっかりと恩恵がある。あの魔女がそこまで想定してたのかは知らねえが……ま、何の問題もねえだろ？」

　これからロイを始末して、魔物に街を蹂躙させる。

　しかし……そんなものは本当に何でもないとでも言わんばかりに、ロイは肩をすくめた。

「……まあ、そうだね。うん……確かに、何も問題はないかな？」

「――あ？」

その態度が予想外だったのか、ジェロームの声から苛立ちがにじむ。

気に入らないと、全身で語っていた。

それでも、ロイは空気を読まずに飄々とした態度を崩さない。

「ヴイーヴルの魔力によって多少は強化されるみたいだけど……逆に言えば、強化されてもそのくらいってことだしね。ならまあ、問題はないよね」

「……テメエ。これが限界だとでも思ってやがんのか？　確かにヴイーヴルの魔力は人の身には過ぎたる力だが、この槍は特別製だ。この何倍も魔力を吸い取れるし、その分俺も強化されるんだぜ？」

「つまり、今の何倍かの強化でしかないってわけだよね？　なら、やっぱり問題にならないと思うんだけど……？」

「……そうか」

ジェロームは感情を押し殺し、一言静かに呟いた。

静かだからこそ、そこに抑圧された感情が読み取れる。

直後、夜の闇が溢れ出した魔力と殺意によって塗り潰された。

「よく分かったぜ……遊びはしまいだ。確かにテメエの力も大したもんだが、今の俺はそれ以上だってことを教えてやるよ。魔王すら射殺す俺の力を、その身で味わって――

死ね」

その言葉と同時に、殺意が爆ぜた。

肌で感じられた圧力は、西方の支配者を名乗っていたあの魔物以上かもしれない。

直接それを向けられたわけではないというのに、あの時感じた以上に明確な死のイメージがセリアの脳裏をよぎる。

セリアは半ば反射的にロイの名を呼ぼうとしたが……それよりも先に、彼女の声をかき消すほどの轟音が、その場に響いた。

それも、二度。

セリアが目を開けると、薄闇の中、それでもぼんやりと見えていた二つの影の一つがどこにも見当たらなくなっており――

「魔王すら射殺すって……それはさすがにふかしすぎじゃないかな？　見栄を張るにしたって、限度ってものがあると思うよ？　というか、僕が前に戦った喋る魔物が魔王だって言うんなら……アレはもっとずっと、強かったしね」

一人そこに残ったロイが、肩をすくめたのが見えた。

セリアはロイの視線を追って天井を見上げる。

するとそこには、はっきりとは分からないながらも、人影らしきものがあった。

　おそらくは天井に叩き付けられてめり込んだのだろう。

　以前この男と相対した時と同じように……あるいは、西方の支配者と戦った時と同じように、ロイはまたしても、いとも容易くけりを付けてしまった。

　そして、暗くてはっきりとは見えないながらも、あの時と同じように涼しい顔をしているのだろうと想像出来る。

　そんなロイの姿を眺めながら、セリアは思わず口元を緩めた。

　――どうやらまだまだ自分はこの人のことを理解出来てはいなかったようだ。

　ゆっくりと息を吐き出し、緊張を解く。

　だが――

　突然、セリアの身体が震えだす。

　今更、思い出したかのように恐怖の感情が湧き上がってきた。

　酷い目に遭うかもしれなかった――それどころか、ここで死ぬかもしれなかったのだと、安全になったことでようやく自覚したのだ。

　とはいえ、ロイに心配を掛けたくない一心で、何とか落ち着こうと深く息を吸い……吐き出したところで、ふと目が合った。

「……あ」

「……ごめんセリア。助けるのが遅くなって、怖い思いをさせちゃったかな」

少しの困惑と共に、優しく微笑むロイ。

「いっ、いえっ、ロイさんが謝る必要は……！　こうして、ちゃんと助けてくれました！」

そもそも、ロイにはセリアを助ける義務などはないのだ。にもかかわらず、彼はまたセリアのことを助けてくれた。

彼が謝る理由などあるわけがない。

「っと……そういえば、まだお礼を言っていませんでしたね。ありがとうございました、ロイさん。また助けていただいて」

「……うん。どういたしまして」

そう言って口元を緩めるロイの姿を見て、セリアは僅かに違和感を覚えて首を傾げた。

何となく、彼の雰囲気がそれまでとは少し違うように感じたのだ。

もちろん、戦いの直後ではあるのだが……いつもならどこか自信なさげにはにかむ彼の表情が、今は妙に凛々しく思える。

と、そこまで考えて、セリアはふとある言葉を思い出す。

そういえば……先ほどロイは、気になることを言っていた。

まるで、魔王と戦ったことがあるような口ぶりだったではないか。

「さ……それじゃ、ちょっと遅くなっちゃったけど、帰ろうか」

笑いかけてくるロイは、いつもの彼に戻っていた。少なくともセリアの目にはそう見える。

しかし……セリアは首を横に振った。

「……いえ。その必要はありません」

「え……？」

「わたしはもう、成人しているんですよ？　家に帰るくらい、一人で大丈夫です。ここがどこなのかは分かりせんが……ルーメンの街の中なら、どこだって問題なく帰れます」

セリアが拒否するのが意外だったのか、ロイは不思議そうに首を傾げた。

「いやいや、確かに街中ではあるけど……時間が時間だし、安全とは言えないと思うよ。というか、実際にこうして攫われちゃったわけだし」

しかし、セリアは何の理由もなく首を横に振ったわけではない。

そうする必要があると、思ったからだ。

「確かに……正直なところ、不安ではあります」

「なら――」

「ですが、それはわたしの都合です。わたしは、こうして助けていただけただけで、十分なんですから」

本音を言ってしまえば、一緒にいてほしい。

だがそれは、セリアのわがままだ。

もしこれが、単純にセリアが攫われたというだけの事件であるならば、それでもよかったのかもしれない。

しかし、そんな単純な話ではなさそうだ。

男は魔物に街を襲わせるようなことを言っていた。それがどれほどの規模かはセリアには分からないが、未だに危機的な状況にあるのは明らかだった。

それに……と、セリアは続ける。

「それに、あなたにはまだやることがあって……やらなければならないこともある。——そうですね、勇者様？」

セリアが口にした言葉に、否定は返ってこなかった。

ロイは少し驚きを見せた後、苦笑しただけ。

しかしそれで十分だった。

やっぱり、とセリアはロイの変化に納得する。

彼が何者であるのか……そしてそれを彼自身が認識し、受け入れていたのだ。

きっとロイは、誰かに言われなければ、受け入れることはなかっただろう。

それが、セリアにはほんの少しだけ悔しかった。

「……残念です。わたしがロイさんの初めての人になりたかったのに」

「いや、その言い方はどうかと思うんだけど……？」

「まあ、細かいことはいいじゃありませんか」

「細かいかなぁ……？」

そんな風に言い合いながら、セリアは少しだけ口元を緩めた。

結局のところ、ロイにはやらなければならないことがある。それでも彼は、セリアの安全を優先しようとしてくれたのだ。

その事実が嬉しくないわけがない。

しかし、そんなロイの優しさに甘えたくはなかった。

ロイの足手まといになりたくはない。

だから……

「……ま、そう言われちゃったんなら仕方ないか。じゃ……悪いけど、行ってくるね」

「はい。わたしのことは気にしないで……行ってらっしゃいませ、ロイさん」

そう言って、セリアは笑顔でロイを送り出すのであった。

「――ちっ」

舌打ちと同時に、グレンはその場から飛び退いた。

直後に轟音が響き、彼のいた場所を何かが襲う。

相手の姿を視認するよりも先に身体が動く。グレンは着地と同時に地面を蹴りつけ、一瞬で彼我の距離を詰めると、そのままソレを斬り捨てた。

斬撃を受けた獣型の魔物が、どす黒い血を撒き散らして倒れる。

本来であればそこで一息つきたいところだったが、生憎とそんな暇はない。

素早く視線を巡らせると、蠢く無数の魔物の流れに逆らうようにして、冒険者達が戦闘を繰り広げている。

押し寄せる魔物の数を考えると、冒険者の数は頼りない。

しかし誰も彼もが、魔物の群れを押し返さんと奮闘している。

多勢に無勢――普通ならばここは引くのが賢い選択だろうに、相変わらず冒険者という人種は馬鹿ばかりだ。

だからこそ、この街でAランクの頂点に位置するなどと言われているグレンが引くわけにはいかなかった。

眼前で群がる複数の魔物の只中に飛び込み、大剣を一閃。

五体の魔物をまとめて斬り裂いた。

「……ふぅ。さて……どうしたもんか」

正直なところ、グレンにはまだ余裕がある。

戦闘が始まってから、小一時間と経っていないのだ。この程度でへばっていては、Aランクなど名乗れない。

とはいえ、彼一人が元気ならばどうにか出来る状況ではなかった。

何せ相手は視界を覆い尽くすほどの数なのだ。

今のところは容易く倒せるものばかりだったが、グレンにも限度はある。

「……良い感じは、まったくしねえしな」

グレンは無数の魔物のさらに奥を見つめながら、目を細める。

肌に感じる圧力は、奥に向かうほど強く、まだ強い魔物が残っているのが分かる。さらに言うならば、それは弱い魔物から先に向かってきているということでもあった。

通常異なる種の魔物共は協力するということがない。それぞれが好き勝手に暴れるものであり、必然的に弱い魔物は押し退けられ、強い魔物の方が先に獲物へと群がるようになる。この状況は、偶然と考えるには不自然だ。

それを可能とするだけの格を持つ魔物が潜んでいるということである。

「魔物の群れを完全に掌握するほどではなくとも、ある程度統率出来るやつがいるってか。ったく、厄介だな」

「そんなの、最初から分かってたじゃないっすか」

声に反応して視線を横に向ければ、すぐ側にフルールの姿があった。直前までは影も形もなかったはずだが……さすが斥候や隠密行動を得意とするだけのことはある。

しかしグレンは内心の賞賛を言葉にはせず、軽く肩をすくめる。

「……まあな。二重の意味で、だが」

「厄介なのは戦う前から分かってたっすけど、街の外に出た瞬間、思ってた以上だったのが確定したっすからねえ」

正直に言えば、グレン達は馬鹿正直に魔物と真正面から戦うつもりはなかった。

相手の数が圧倒的に上だと一目瞭然なのだから、当然の判断だ。

いくら歴戦の冒険者といえども……否、数々の修羅場を乗り越えた冒険者であるからこそ、無謀と勇敢を履き違えはしない。

最初は様子見に徹しながら、味方の本命が到着するのを待つつもりでいた。

……だが、グレン達が一歩街の外に出た瞬間、今まで大人しくしていた魔物達が、一斉に突撃してきたのである。

それは間違いなくグレン達を待ち構えていた動きであった。

ゆえに、グレン達はその場で迎え撃たねばならなかったのだ。

魔物の大群が明らかに意図を持って動いている以上、結界で凌ごうとして街の防壁に取り付かれてしまうと、こちらの選択肢が大幅に制限される。

次にどんな動きを見せるか分かったものではないという状況で、様々な可能性を考えた結果、迎え撃つことを選択した。

今のところ、その選択は正解だったと言えよう。

「で、どうだった？」

グレンの問い掛けに、フルールが真剣な表情で答える。

「まあ、大体予想通りっすね。魔の大森林から次々と出てきてるっす。いくら倒したところで魔物が減らないわけっすよ」

「ちっ……やっぱりか」

　基本的に、戦力の逐次投入は愚策ではあるが、それは互いの数にそれほど差がない場合の話だ。

　数に圧倒的な差があり、さらにはそもそも自軍の損耗など気にしないのであれば、むしろ主力を温存するのに有効な手段だろう。

　しかもそこからもう一つ分かることがある。

「この動き……どう見る？」

「Aランク相当……じゃ、多分無理っすよね。おそらく裏にはSランク相当の魔物がいると思うっす」

「だろうな……」

　弱い魔物は強者に従う習性があるといっても、限度はある。

　今グレン達が戦っているのは大体Cランク相当の魔物ではあるが、そこまでくると、ある程度の知能を持つ魔物が多い。

　自分達が捨て駒として使い潰されると分かっていながら素直に従うほど馬鹿ではない。

　それなのに次々と魔物が押し寄せてくるということは、この魔物達に指示を出しているものは、そこまで圧倒的な力を持っているのだと考えられる。

「こいつらを倒しきった後でSランク相当の魔物とやりあうってか？　さすがにちと厳し

そうだな……」

「いや、そこは〝あの人〟に任せちゃえばいいんじゃないっすか？　あちし達のやることは、時間稼ぎっすよ」

「ふんっ……確かにそういう話になってるがな」

せっかく鬼札（おにふだ）があるのだ、それを使わない理由はない。

グレン達は使えるようになるその状況まで持ちこたえればいいと、事前の話し合いで決めていた。

だが……

「せっかく手柄（てがら）をくれてやるっつーのに、あの阿呆、どこにいるってんだ？」

「そんなこと言ってられる状況じゃないと思うんすけどねえ……」

フルールは冷や汗をかきながら周囲を見回す。

「こんな状況だからこそ、だろう？　他のやつらだって、やる気十分じゃねえか」

「まあ確かにそうなんすけど……というか、意外なほどに士気高いっすよね？　確かにギルドからの緊急依頼っすから、ここで逃げたりしたら相応のペナルティ食らうっすよ？　でも、普通に考えたらさっさと逃げそうなもんっすけどねえ」

「……本当に何も分かっちゃいねえな、お前は」

「な、何でっすか……」

　フルールは心外、と言わんばかりに頬を膨らませて抗議する。

　どうやら本気で理解していないらしい彼女に、グレンは眼前の魔物へと剣を叩きつけながら理由を教えてやる。

「冒険者ってのは自分勝手な連中なんだぞ？　そんなクソ野郎共が〝勇者と一緒に戦えるチャンス〟だってのに、逃げるわけないだろうが」

　フルールは意外さと呆れが混ざった何とも言えない表情で溜め息を吐く。少なくとも、そこに同意の色は見えない。

「勇者と一緒に戦えるからって……子供じゃないんすから。こんな状況で、よくそんな冗談が言えるっすね？」

「何言ってやがる。冒険者なんてのは、子供と大差ない……いや、子供以下のやつばっかりだろうが」

「そりゃそうっすけど……って、もしかして、本気で言ってるんすか？」

「逆に聞くが、あの姿が冗談に見えんのか？」

　グレンが指差す方に視線を向ければ、奮闘している冒険者達が見える。

　数的には圧倒的に不利ながらも、勢いではむしろ上だ。

あの姿を見て、ギルドのペナルティを受けたくないから嫌々戦っているなどと思う者はいないだろう。

フルールもそれを理解したものの……苦笑で顔を引きつらせる。

「あれって……あの街を守るために頑張ってるんじゃなかったんすか？」

「んなわけねえだろ。ったく……相変わらずお前はどこかずれてやがんな」

ロイは言うに及ばずだが、フルールも冒険者としては大分感性がずれている。

育ちが良いと言うか、真っ当に過ぎるのだ。

たとえば以前、ロイがアモールの花の採取依頼を受けた際、それを後押しするようなグレンの言動に、フルールは怒りを見せた。

駆け出しのFランクの冒険者をみすみす死地に追いやろうというのだから、人としては正しい態度と言える。

しかし、普通の冒険者の場合、そうはならない。

彼らは他に生きていく術のない底辺の存在で、自分のことで精一杯。

そんな生活を続けるうちに、他者を思う余裕など消え失せ、むしろ他人とは利用し、陥れるものでしかなくなる。

そうして、大抵の者は少なからず〝歪んで〟しまうのだ。それは、グレンのようにAランクにまで上り詰めた者も例外ではない。

無論、中には冒険者であろうともまともな人間もいて、フルールはきっとそういう人達に囲まれて生きていくことが出来た稀有な例だろう。

だがだからこそ、彼女にはグレン達の気持ちが分からなかった。

そして、今ここで戦っているのは、大半が〝普通の〟冒険者ばかり。自らが底辺であることを自覚して、それでも冒険者でい続けたロクデナシ共だ。

決して表舞台に出るような存在ではないと、他でもない自分自身が一番よく分かっていた。

そんな彼らが、魔王を倒して百年の戦争を終わらせた勇者と共に戦うことが出来ると聞いて、やる気が出ないはずがない。

「――ま、結果的に助かったってやつもいるだろうがな」

そう小さく呟いたグレンの言葉を、フルールは聞き逃さなかった。

「うん？　それってどういう意味っすか？」

「まだ何もしてなかったみたいだが、何人か目星を付けてた裏切り者がいる。まあこっちについて動くと決めたようだから構わんだろう。ここで戦力が減っても困るしな。あいつらも助かって、俺達も助かる。勇者様々ってところか」

「っ……それって」

口元をひくつかせているフルールにはそれ以上答えず、グレンは眼前の魔物を斬り飛ばす。

結果的には何もなかったのだ、それでよしとすべきだろう。

ここで余計な追及をしてみすみす戦力を失えば、一気に瓦解しかねない。

今この場にいる冒険者の多くはCランクだ。Cランク相当の魔物と渡り合うにはパーティーを組まなければ厳しい。

それでも善戦しているのは、勇者と共に戦えるという士気の高さあってのことである。

ここで、実は裏切り者がいましたなどと味方をつるし上げている余裕はない。

「はぁ……まあ、グレンさんがいいって言うんなら、あちしは別に……」

「いいも何も――ちっ⁉」

応えようとした瞬間、ソレに気付き、グレンは舌打ちする。

だが、彼にはどうしようもなかった。

直後、グレン達からかなり離れた位置で、轟音が響いた。

何人かの冒険者達の身体が吹き飛ばされ、宙を舞う。

この光景を目の当たりにて、冒険者達の間に少なくない動揺が走った。

今まで攻勢に出ていたところに水を差された形だ。しかも、吹き飛ばされたのはCランクの冒険者ではなく、実力者と言ってもいいＢランクである。

そして……土煙の中から現れた特徴的な巨体。

その魔物が何であるのかを一目で理解して、冒険者達の手が止まる。

「っ……サイクロプス、だと……？」

「おいおい……嘘だろ？　こんなところで出る魔物じゃねえぞ⁉」

Ａランク相応の魔物、サイクロプス。

十メートルほどの巨身に、大きな目を一つだけ持つ、人型の魔物である。

敏捷性は低いが、その分むき出しの皮膚は硬く、並大抵の刃物どころか魔法すらろくに通さない。

最も気をつけなければならないのは、その豪腕から繰り出される一撃だ。

先ほども目にした通り、それだけで複数人のＢランクの冒険者をまとめて吹き飛ばす破壊力を持っている。

直撃すればＡランクであっても耐えられないだろう。

本来は荒野に出現するような魔物であり、少なくとも魔の大森林を含むこの周辺では目撃例がなかったはずだ。

森の奥にいたのか、それとも別の場所からやってきたのか。

だがそれを悠長に考えている暇はなかった。

サイクロプスはAランクの魔物の中でも、飛び抜けて面倒な存在だ。倒しにくく、逆にこちらは掠っただけで倒されてしまうため、格下では絶対に勝ち目がない。

そしてこの場にいる冒険者の多くが格下である。

思わずグレンは舌打ちした。

「……まずいな。さっさと仕留めねえと、厄介なことになりそうだ」

「士気も低下しそうっすし、ただでさえ少ない味方が、アレにどんどんやられていくっす」

「尻尾を巻いて逃げるやつらが出なきゃいいがな……」

……最悪の場合、前線が一気に崩壊して呑み込まれてしまう。

グレンはそれを恐れていた。

「え……？　今更逃げるんすか？　この状況で⁉」

「この状況だからこそだろう？　たとえ勇者と共に戦えたって、自分が死んじまったらそんな名誉にはクソの価値もねえ。最後は自分の命を優先するのが冒険者ってもんだろ？」

いっそ気持ちが良いくらいの手のひら返しに、フルールは頭を抱える。

「まったく、これだから冒険者ってやつは……！　でも、じゃあどうするんすか⁉　今のところ厄介そうなのはアレ一体だけっすけど、速攻で撃破出来る戦力はこっちにはないっすよ⁉」

今回の作戦に参加しているＡランクは、全部で三人だけだ。

グレンとフルール、それに宿でセリアの護衛をしていたという男が一人。

元よりＡランクの冒険者の数は少なかった上に、裏切ったり殺されたりで他に動ける者がいないのだ。

Ａランクの魔物を即座に倒すには、明らかに戦力が足りていない。

時間をかければ三人でも勝てる可能性はあるが、その間グレン達の手が完全に塞がってしまうのは痛手だ。

何だかんだで冒険者達が優勢だったのは、グレン達の活躍があってこそだった。

その主力が一体の魔物に釘付けにされると、周りは魔物を押し止めるので精一杯だろう。

士気の低下は防げず、少しでも綻びが生じれば、あとは瓦解が待つのみだ。

結局のところ、それを防ぐための方法は一つしかない。

グレンが逡巡したのは一瞬。

即座に結論を出すと、彼はフルールに短く告げた。

「ほんの僅かでいい、アレの注意を逸らせ」

無骨（ぶこつ）な見た目に反し、サイクロプスは高い知能を持つ。

まだかなり距離が離れているというのに、グレンは先ほどからサイクロプスの視線を感じていた。それだけグレンは警戒されているのだろう。

これから彼がやろうとすることを考えると、真正面からぶつかるのは避けたい。どうにかして、注意を逸らす必要があった。

そしてこの状況でそれが可能なのは、フルールだけである。

「あちしは本来あくまで斥候要員であって、戦闘要員じゃないんすけどねえ……まあ、言ってる場合じゃないんで、やるっすよ……じゃあ、行ってってくるっす」

嫌そうな顔をして溜息を吐き出すフルールだが、彼女とて自分以外に適任がいないと分かっているだろう。すぐに顔を引き締めると、その場から姿を消した。

文字通りの意味で。

既に気配の残滓（ざんし）すらなくなっている。

これこそが、Aランク冒険者であるフルールの本領（ほんりょう）であった。

少々抜けたところのある彼女だったが、それでいて気配の消し方はべらぼうに上手い。

その場にいるのに周りは姿を認識出来なくなるほどで、アニエスなどは既に魔法の域に近いと褒めたほどだ。

実際、一度身内でその実力を試してみたところ、グレンは喉元にナイフを突き付けられるまでフルールの姿を認識出来なかった。彼女が本気になれば、グレンはあっさりと殺されてしまうかもしれない。

そんな彼女が、サイクロプスの注意を引きつけようとするのだ。出来ないわけがない。

グレンは周囲の魔物を掃討しつつ、その時を待つ。

と……

「――アサシネイト」

小さく囁くような声は、戦場の喧騒の中においても不思議とよく通って聞こえた。

ほぼ同時に鈍い音が響き、サイクロプスの身体がふらつく。

しかし、いつの間にかサイクロプスの後方へと回り込んでいたフルールは不満げだ。

「はぁ……今のは一応、あちしの切り札だったんすけど、それでもふらつく程度とか、どんだけ硬いんすか。ですがまあ、役目は果たせたっすかね」

苦々しい表情で溜息を吐くフルール。

彼女の視線を受け、グレンは口元を吊り上げる。

ちょうどその時、崩された体勢を再び整えたサイクロプスが、フルールの方へと顔を向けた。

好機である。

グレンは眼前の魔物を斬り飛ばすと、そのまま一歩踏み込み、全力で地面を蹴り付けた。

「――リミットブレイク」

出し惜しみはなく、後先も考えない。

今この時のみを、サイクロプスを倒すことだけを考え、その懐へと飛び込んだ。

さすがにその瞬間にサイクロプスもグレンの動きに気付いて注意を戻したが、関係ない。

僅かな遅れ、僅かな緩みではあったが、それこそが致命的だ。

グレンは頭上に掲げた剣を、構わず振り下ろした。

「――轟雷一閃」

音すらも置き去りにして、刃だけが先行する。

その斬撃の前には、防御体勢の整っていないサイクロプスの皮膚など紙切れ同然、ろくな抵抗も受けずに通り抜ける。

その胴を、右から左へ。

袈裟懸けに両断した。

グレンはそのまま地面へと着地し、遅れて分断されたサイクロプスの上半身が地面へと落ちる。

同時に残された下半身も地面へと倒れこみ、轟音が地を揺らした。

「さすがっすねえ……」

フルールが感嘆の声を漏らす。

「ま、このくらいはやんねえとな」

サイクロプス撃破に沸き上がった冒険者達の姿を横目に見ながら、グレンは溜息を吐いた。

傍目には簡単に倒したように見えたかもしれないが、正直なところギリギリだった。

しかもあれは、後先をまったく考えない、全身全霊を込めた一撃である。仕留め切れなかったら反撃をかわすことも出来ず、やられていたのはグレンの方だったに違いない。

今も平静を装ってはいるものの、身体にはまともに力が入らない有様だ。

周辺にいるCランクの魔物と戦うくらいならば何とかなるが、それ以上となると厳しい。

もちろん、もう一度同じことをやってのけるのは不可能である。

とはいえ、大博打を打った甲斐はあったようだ。

今のを見てまだ行けると思ったのか、冒険者達の士気は上がり、勢いを取り戻している。

これならばまだ何とかなるだろう。

歓喜の中で、フルールは再び表情を引き締める。

「……とはいえ、これもそう長くはもたないっすよ？」

「分かってる」

グレンも最初から承知の上であった。

まさか今のでAランクの魔物が打ち止めということはあるまいし、むしろ様子見だと考えるのが自然だ。

魔物共には次があるが、グレンに次はない。

確実に訪れる破滅を、ほんの少し先延ばしにしたにすぎないのだ。

だがそれで構わなかった。

Sランク相当の魔物がいると推測している時点で、最初からグレン達だけの力で勝てると思ってはいない。

少しでも時間を稼ぐことが出来れば、それで構わなかった。

「とりあえずはこれで、Bランクの魔物が来てもある程度は持ちこたえられるだろうよ。あとは……アイツがどれだけ早くこっちに来られるか次第だな」

「Aランクの冒険者ともあろう人が、他力本願っすねえ」

「テメエでやれることをやった上での他力本願なんだ。文句を言われる筋合いは――」

ない、と言おうとしたその瞬間。

先ほど耳にしたのと同じような轟音が、再び響いた。

そして同じだったのは、音だけではなかった。

土煙の中から現れた巨体を見て、冒険者達に動揺が広がる。

「なっ……またサイクロプス、だと……!?」

「い、いやっ、さっきもグレンが倒してくれたんだ！　なら……！」

期待に満ちた目を向けられているのに気付き、グレンは思わず舌打ちした。

彼らの期待に応えたいところであったが、生憎身体はそう簡単に回復しない。

そしてアレはどうやら、その隙を見逃すつもりはないようだ。

口元が笑みの形に歪んだと思った瞬間、グレンに向かって突進してきた。

「——っ、グレンさん!?」

「下がってろ、フルール！　お前じゃ正面からは——」

言葉を遮るように、間近に迫ったサイクロプスの豪腕が振り下ろされた。

グレンは咄嗟に剣を掲げて受け止めるが、全身が悲鳴を上げる。

衝撃で足元の地面が陥没し、思わず膝をついた。

受け止めきれただけ上出来というものだろうが——

「グレンさん……！」

「だから、お前は下がってろっつってんだろ！　この状況じゃお前は役に立たねえ！　って言ったところで、俺だってこうしてこいつの攻撃を受け止めるので精一杯なんだが……」

――そこで、聞き覚えのある男女の声が聞こえた。

「――いいや」

「それで十分だよー」

次の瞬間、サイクロプスの動きが不自然に止まった。

まるでそこだけ時の流れが止められたようであり――だが、考えるよりも先にグレンの身体が動く。

残る力を振り絞って繰り出すのは必殺の一撃。

「――轟雷一閃」

二度目の刃も、狙い違わずサイクロプスの身体を両断した。

先ほど以上の倦怠感が身体を襲うが、グレンはそれを押し殺し、声の主に視線を向ける。

いつの間にかすぐそばまで来ていたのは、見知った冒険者の――いや、運び屋の二人組であった。

「はっ……姿が見えねえから、尻尾巻いて逃げたのかと思ってたぜ？」

「……俺達は今日、依頼を果たしたばかりだった。疲れて起きられなくても仕方あるまい」

「アレ、簡単にやってるように見えるかもしれないけど、かなり疲れるんだからねー？

むしろ、間に合ったことを褒めてほしいなー」

Ｄランククランク冒険者のリュカとリュゼの姿を見て、グレンは眉をひそめる。

今のは助かった。

だが、何故彼らがここにいるのだ……

「どういう風の吹き回しだ？　お前らはこういう荒事には向いてねえし、実際ギルドからは緊急依頼を免除されてたはずだがな」

グレンの疑問に、リュカが答える。

「……この騒動の遠因の一つは、間違いなく俺達だろう。あの女に頼まれただけではあるが……僅かなりとも賛同する意思はあり、手を貸したのも事実だ」

「なら、その償いはちゃんとやらなくちゃねー」

二人の言葉に、グレンは目を細める。

手を貸した――それがどういう意味かなどと、今更聞きはしない。

分かっていたことである。

しかしグレンは、それとは別に、今の言葉に思うところがあったのだ。

冒険者は全てが自己責任。自分でやらかしたことの責任は、自分で取らなければならない。当たり前のことだ。

しかし、冒険者でありながら、そこを分かっている者は実際にはそう多くないのが実情だ。

大半の者は、自分勝手に振る舞うだけで、責任など取りはしない。

昼間、冒険者ギルドに戻ってきた時と同様、どことなくスッキリしたように見える二人の姿に、思わずグレンは口元を歪めた。

「そうか……どうやら、ちょっと見ないうちにようやくいっぱしの冒険者らしくなってきたじゃねえか」

——自分でやらかしたことの責任は、自分で取らねばならない。

無論それは、グレンも例外ではない。

鈍い痛みを訴えはじめた身体を酷使し、一歩踏み込む。

直後、聞き覚えのある——冒険者達を震撼させるあの轟音が響いた。

しかも、二度続けて。

「嘘だろ……!?　まだ来るのかよ……!?」

「おいおい……今度は二体だぞ……!?」

二体の巨人が姿を見せると、冒険者達の間に驚愕と恐怖の感情が瞬く間に広がった。

その状況に、グレンは思わず唸る。

最早、士気の低下だとか裏切りだとか言っている場合ではない。壊滅の危機であった。

「確実にここで叩き潰すつもりか……この魔物の動き、思っていた以上に知能が高そうだな」

「分析してる場合じゃないっす！　どうするんすか!?」

取り乱すフルールを見て、リュカとリュゼが肩をすくめる。

「……どうするもこうするもあるまい」

「だよねー。逃げようとしたところで、無理そうだしー」

「こいつらの言う通りな。どうにかするしかねえだろうよ」

「そりゃそうっすけど……!?」

この状況で最も賢い選択は、この場から逃走することだろう。

だが、グレンはAランクなのだ。

彼が真っ先にこの場から逃走するなど、あってはならない。

そしてどうやら、リュカとリュゼも逃げるつもりはないようだ。

本当に、すっかりいっぱしの冒険者になったものである。

しばし逡巡していたフルールが、諦めの溜息をこぼす。

「……仕方ないっすねえ。付き合うっすよ」

「……悪いな」

「本当っすよ。でも、どうするんすか？」

「なに、俺達は既にサイクロプスを二体倒してるんだ。それが同時に出てきたにすぎねえ。なら、さっきと同じことをあと二回やればいいだけだろ？」

やけくそ気味に言ってのけるグレンに、リュカとリュゼが同意する。

「……道理だな」

「確かに、同じことをやるしかないもんねー」

「そりゃ理論上は確かにそうっすけど……もつんすか？　グレンさんの身体」

心配そうなフルールの視線に、グレンは肩をすくめる。

「……もたなきゃそれまでってだけのことだ」

フルールはまだ何か言いたげであったが、堪えるように再度溜息を吐き出す。

「とはいえ、さっきと完全に同じようには出来ないっすよ？　あちしが一体の注意を引いたところで、もう一体を好きに暴れさせることになっちゃうっすし」

「簡単だ、今度は俺一人で倒せばいいだけだ」

無論、実際には言うほど簡単ではない。むしろ失敗する可能性の方が高いくらいだ。

先ほども使用した轟雷一閃は、グレンにとっては捨て身の大技で、今まで一日に二度も使ったことはなかった。

それは使う機会がなかったというよりも、使えばどうなるかを理解していたからだ。

最悪、自滅するだけで、動けるかどうかすら分かったものではない。

それでも、やらないという選択はなかった。

別に、誰かのためなどという理由ではない。

結局のところ、グレンも他の冒険者と大差はないのだ。

冒険者以外にやれることがなくて、好き勝手やっていたらいつの間にかAランクになっていただけのこと。

今この時だってそうだ。

無様に一人で逃げたくはない。

そんな身勝手な理由で、戦場に踏みとどまる。

だが、グレンにはそれで十分であった。

「まずは右をやる。左は任せた」

「……なら、俺達も左を担当しよう」

「そうすれば、とりあえず抑えるくらいなら出来るだろうしねー」

「はぁ……分かったっす。まあ、どんだけやれるか分かったもんじゃないっすけど、何とか時間稼いでみせるっすよ」

フルールの言葉を聞くのと同時に、グレンは地を蹴った。

全ての力を解放し、そのままサイクロプスへと向かい――

「っ……!?」

身体が軋み、全身に激痛が走る。

反応は鈍く、地を蹴って駆ける速度は、普段の半分にも満たない。

しかし、動くことは出来た。ならばそれで十分だ。

グレンの動きに反応して振り下ろされた拳を潜り抜ける。

サイクロプスの一撃は強力だが、今のグレンでもなんとか避けられるほどに動きは遅い。

この隙を逃す手はない。

そのまま懐へと飛び込み、剣を振り下ろした。

だが――

「ちぃっ……!」

響いたのは鈍い音であった。

手に伝わるのは硬い感触で、皮膚の一枚すら斬れた様子はない。

ここまで弱っていたのかと、グレンは己の不甲斐なさに舌打ちする。

だが攻撃を当てることは出来たのだ。

ならば倒せるまで繰り返すだけ――

「――ごっ⁉」

直後、グレンが感じたのは、横からの衝撃であった。

視界が一瞬で流れ、自分の身体が地面に激突するのを、半ば他人事のように眺める。

痛みは遅れてやってきた。

そしてそこでようやく、サイクロプスに殴られたのだと理解する。

「ちっ……最初の攻撃は、ただの様子見、か……」

どうやらそれを察せないほどに弱っていたらしい。

しかし後悔している時間も、反省する余裕もなかった。

吹き飛ばしたグレンを追いかけ、サイクロプスの巨体が目の前にやってきている。

「っ、グレンさん……⁉」

状況に気付いたフルールの叫びに応える暇もなく、グレンはただ振り上げられる腕を見つめ、唇を噛み締めた。

最早どうしようもない。

それでも、放さなかった剣に力を込める。

せめて――

「俺の命を、やるんだ。腕の一本ぐらいは、もらうぜ？」

カウンター。

振り下ろされる腕に合わせ、こちらの腕も振るう。

残る力を腕にのみ集中させた一撃だ。

腕くらいは奪えるだろう。

せめてもの意地だ。

そこに何の意味もなくとも、それが、Aランク冒険者としての彼の矜持だった。

妙に時間がゆっくりに感じる中、タイミングを合わせるために力を込めて待つ。しかし……グレンがその腕を振ることはなかった。

その必要がなくなったからだ。

眼前の光景を眺めながら、グレンは一つ息を吐き出す。

「はっ……随分早かったじゃねえか。もう少し遅くてもよかったんだぜ？」

そんな言葉を嘯きながら、縦に真っ二つにされたサイクロプスと、その前に立つ見知った少年の姿を見つめ、グレンは口角を吊り上げるのであった。

第五章　新たな支配者

　戦場を見渡しながら、ロイは息を一つ吐き出した。

　無数の魔物の姿に、決して軽くはない傷を負った冒険者達。その中でも特に酷い状態なのは、グレンだ。

　あと少し来るのが遅れていたら、今頃グレンの命はなかっただろう。

　これでもロイは急いだつもりだったのだが、どうやら遅れてしまったらしい。

「すみません、遅くなりました」

「はっ……だからむしろ早かったって言ってんだろ？　今だって、俺は反撃しようとしてたところだったんだぜ？」

「そうでしたか……それは邪魔をしてしまってすみませんでした」

「……まったくだ」

　全身ボロボロで、血を流しながら言うのは少し無理がある言葉だったが、それは多分グ

レンの意地と、そして優しさなのだろう。

　反論する意味はないので、ロイは黙って受け入れる。

　……と、聞き覚えのある声がグレンにツッコんだ。

「明らかに死にかけてる姿で、何意地張ってるんすか。完全に助けられてたじゃないっすか」

「フルールか……はっ、お前にはそう見えてたってだけだろ？」

「そうっすか……まあ、そう言い張るんならそれでもいいっすけど。申し訳ないっす、ロイさん。うちのパーティーリーダーが素直じゃなくて」

　フルールに頭を下げられ、ロイは苦笑する。

「いや、まあ実際のところ助けを求められたわけでもないのに、僕が勝手に助けただけだしね」

「はぁ……ロイさんは器(うつわ)が大きいっすねえ。っと、そうっす、お礼言うの遅くなっちゃったっすが、あちし達のことも助けてくれてありがとうございましたっす」

「ああ……まあ、ついでだったしね」

　ロイがこの場に到着した時、戦場はかなり混乱していた。

　特にまずいと感じたのは、サイクロプスを相手取っていたグレンとフルール達であった。

二人の距離がそれほど離れていなかったこともあって、それぞれが相手にしていた巨体を同時に倒したのだが――

「……大したことじゃねえ、か」

「それをついでとか言えるのは、ロイさんくらいっす」

グレンとフルールが呆れた様子で溜息を吐く。

「……そうなの？」

自分が勇者であると自覚したものの、ロイが考える強さの基準（きじゅん）は、まだ一般的なものとはかけ離れていた。

先ほどの魔物が他の魔物よりも強いということは認識していても、具体的にどのくらいなのかはよく分かっていない。

「さっきのはAランクの魔物……もし結界がなければ、アレ一体だけでルーメンを壊滅させちゃうくらいっすからね」

「ふーん、そうなのか……っと、すみません、グレンさん。怪我をしているのに放っておいてしまって。すぐ癒しますね」

「別にこの程度放っておいても問題ねえがな」

「いやいや、どう見ても大丈夫じゃないっすよ」

この期に及んでまだ強がるグレンを、フルールが窘める。

そんなやり取りに苦笑しながら、ロイはグレンに回復魔法をかけていく。

瞬く間に全身の傷が癒えていったものの……グレンはどこか不服そうであった。

「……魔法の腕も一流でやがんのか、テメエは」

「あちしはもう、何をされても驚かないっすけどね。まあ、それはこの状況を見ても言えることっすけど」

「この状況……？」

フルールの言葉の意味が理解出来ず、ロイは周囲を見回してみる。

これといって変わったところはない。精々、魔物と冒険者達が睨み合っているくらいだ。

その中にリュカとリュゼの姿が見えたが、二人はロイ達の方に来るつもりはないようである。

周りにはたくさんの魔物がいるのだ。彼らには彼らなりの考えがある、ということなのだろう。

しかし、しばらく周囲を眺めて……ようやくロイは先ほどまでとの違いに気付いて首を傾げた。

「うーん、気のせいでなければ、魔物の動きが止まったような……？」

「そうっす。明らかに魔物達が怯えて引き下がろうとしてるっすね。というか、一部は既にジリジリと後退を始めてるっすよ」

「ああ……あれって怯えているんだ」

「ロイさん……何だと思ったんすか?」

「いや、警戒しているのかな、と」

魔物達を見据えたままグレンが頷く。

「まあ、警戒してるのに違いはねえだろうがな」

「そうっすね。ただし、逃げるためにっすけど。というか、あちし魔物が逃げようとしてるとこなんて初めて見たっすよ」

「諦めなのかプライドなのかは知らねえが、明らかな格上相手であっても、普通は戦おうとする。俺達相手にそうしたようにな」

「そんな魔物でも本能的に逃げたくなるほどの脅威を感じてるってことっすか」

二人に視線を向けられて、ロイは肩をすくめる。

そんなことを言われても、といったところだ。

「まあ正直、僕としては逃げてくれるっていうんなら、ありがたいんだけど」

「無益(むえき)な殺生(せっしょう)はしたくないってわけっすか?」

「いや、単純に、あれだけの数の魔物を倒す手段がないからね」

二、三体程度ならばともかく、見渡す限り視界を埋め尽くすほどの数を一度に相手をするのはさすがに難しい。

自分一人ならばそれでも何とかなるかもしれないが、冒険者達と共に戦うという状況を考えると、勝手に数が減ってくれるのであればそれに越したことはなかった。

「倒す手段がねえって……魔法はどうした？」

「攻撃魔法は使えるんですが、広域系の魔法って覚えてないんですよね。あと、あまり細かい制御に自信がないので……」

「他を巻き込む危険性があるってことっすか？」

「今まで一人で戦ってばかりで、周りを気にする必要性がなかったからね」

「ロイさんの放った魔法に巻き込まれる……考えたくもないっすね」

「まったくだな」

酷い言われようだったが、実際に巻き込まない保証はないのだから仕方がない。

ロイは二人の発言を甘んじて受け入れ、会話を続ける。

「そういうわけで、逃げ帰ってくれるなら歓迎したいところなんだけど――ま、そんな上手くはいかないよね」

「みたいっすねえ」

「ま、あいつらが自分の意思だけでここに来てるんだったらこれで終わりだったんだろうが、な」

グレンがそう言った直後——

突然、戦場を揺るがす咆哮が響いた。

それを聞いた魔物達が、まるで何かを恐れるかのように後退をやめ、その場に留まる。

そして……

『——貴様ら、誰が下がっていいと言った？』

雷鳴の如き声と共に、空から一つの巨大な影が姿を現した。

先ほどグレン達が相手をしていたサイクロプスよりも、さらに数倍は大きい。

外見的特徴だけで言うのならば、ソレは爬虫類にも似ているが、巨大な翼を広げて空に浮かんでいた。

頭上を見上げながら、フルールとグレンが慄くように呟く。

「うわぁ……まあ確かに、その可能性も考えてはいたっすが……」

「……ああ、まさか——本当に竜が出てきやがるとはな」

ロイも空に浮かんでいるソレを眺めて目を細める。

　さすがのロイも、竜は知っていた。
　冒険者のみならず、一般人にも名を知られている魔物であり、災厄（さいやく）にも等しい力を持つ。
竜の機嫌一つで国の存亡が左右されるとまで言われる存在だ。
　だが、ロイは首を傾げる。
「……あれが竜、ですか」
「ああ。さすがの俺達も見るのは初めてだが、間違いねえだろ……何より、一目見ただけ
でアレのやばさは分かったしな」
「……っすね。真面目に、一目見ただけで〝あ、これは死んだ〟と思ったっす。ヴィーヴ
ルもやばかったっすけど、アレの比じゃないっすね。ヴィーヴルが竜の中では弱い方だっ
ていうのが、今よく分かったっす」
「……業腹（ごうはら）ではあるがな。で、どうした？　さすがのテメエもやばいと思ったか？」
　竜を見たままずっと黙っているロイに、グレンが聞いた。
「いえ……実は僕、以前魔の大森林で似たようなのを見たことがあるんです。僕てっきり
ワイバーンの変異種か何かかと思っていたんですけど、今考えてみると、あれも竜だった
のかな、と。というか……アレも、言われなければワイバーンが来たと勘違いしていたか
もしれません」

それは嘘偽りのないロイの本音であったのだが、何故かグレン達は口をつぐんだ。

互いに顔を見合わせ……次の瞬間、噴き出す。

「くっ、くくっ……アレを見て、ワイバーンだと思う、か」

「あははっ……さすがはロイさんっす。さっきロイさんが何をしてももう驚かないって言ったばっかりっすけど、取り消すっす。やっぱロイさんはロイさんっすねえ……」

「いや、それってちょっとバカにしてない？」

張り詰めていた二人の雰囲気が僅かに緩み、ロイは不満を漏らす。

……と、その時。先ほども聞こえた声が、頭の中に響いた。

『……我をワイバーンなどという紛い物共と見間違うだと？　どうやら、特大の愚物が交ざっているようだな。いや、それとも……我に対する挑発のつもりなのか？　まあ、どの道、愚物であることに変わりはないが』

その言葉で、グレン達の緩んだ空気が一瞬で霧散した。

フルールが顔を強張らせながら、呻くように呟く。

「……さっき聞こえた声って、やっぱ気のせいじゃなかったんすね」

「ああ。竜なら人の言葉を話しても不思議じゃねえ……あのデカさを考えりゃ、竜の中でも上位の存在だろうしな」

『どうやら、我のことを正しく認識しているモノがいるようだな。それでも、頭を上げて我を見上げ続けるなど不敬に過ぎるが……まあ、いい。我は愚物共の愚かさにいちいち腹を立てたりはせん。それに、我がこうして姿を現したのは、矮小な存在共への叱咤と、ついでに礼を述べるためなのだからな』

グレンとフルールは訝しげに首を捻り、ロイに視線を向ける。

「礼、だと……？」

「竜にお礼を言われる心当たりなんてないんすけどねえ……ああ、それとも〝お礼参り〟的な意味っすかね？」

何故二人が自分を見るのか分からず、ロイは唸る。

「うーん……僕？」

おそらく、先日竜と思われるものを倒したばかりなので、その仲間か何かだったというのであれば、何か言いたいことがあるのも納得だ。

だが、どうやらそうではなかったらしい。

『この場にいるのかは知らぬが、貴様らが目障りな存在を滅ぼしてくれたようだからな。そのおかげで、我はようやくこうして相応しい立場に立てた。我の手で滅ぼせなかったのは口惜しいが……まあ、構うまい。そもそもアレが支配者面をしていたのは、単に我より先にあの森にいたというだけのことが理由。実力で言えば、我はとっくにアレを超えていたのだからな』

竜の話にピンと来たフルールが、グレンに耳打ちする。

「目障りな存在って……もしかして、西方の支配者っすかね？」

「……おそらくな。西方の支配者が滅ぼされた結果、アレはあの森の頂点に立つことが出来んだろうよ」

「それに対するお礼っすか。随分不満があったみたいっすね……まあ、アレだけの竜には、他者の下につくのは我慢(がまん)ならなかったのかもしれないっすが」

二人の会話を聞くともなしに聞きながら、ロイは首を傾げた。

西方の支配者と名乗っていた存在はもちろん覚えている。

ロイとしてはそこまで脅威とは感じなかったのだが、そんな自分の認識の方がずれているらしいということは既に理解済みだ。

だがその上で考えたとしても――

「ふーむ……実力で言えば超えていたねえ……」

ロイは独り言のつもりだったが、随分と耳がいいのか、竜には聞こえていたらしい。上空から鋭い眼光でロイを睨みつける。

『……また先ほどの愚物か。何だ？　言いたいことがあるのならば聞いてやろう。我は寛大だからな』

フルールが呆れた様子で呟く。

「……震えてる魔物の様子を見る限りでは、寛大とは程遠そうなんすけどねえ」

「殺していねえだけで十分寛大なんだろうよ」

実際のところ、先ほどからあの竜は明らかに怒りの気配をロイに向けている。

何にせよ、許可はもらったのだからと、ロイは遠慮なく口を開いた。

「んー、そういうことなら言わせてもらうけど――僕の目には東方の支配者だっけ？　あの虎の方がよっぽど強かった気がするんだよね」

その瞬間、空気がヒリついた。

上空から怒気とも殺気ともつかないものが降り注ぎ、空間が悲鳴を上げる。

余計なことを言いやがって……と、グレンが頭を抱える隣で、ロイは何でもない様子で肩をすくめた。

『……貴様。今、何と言った？　懐の深い我にも、限度というものがある……冗談にしても笑えぬぞ』

「いや、事実を言っただけだよ……僕が言える立場じゃないけど、実力を正確に把握出来ていないみたいだからさ」

実際のところ、ロイには竜を煽る意図はない。

思ったことをそのまま口にしただけなのだ。

あえて言うならば、翼を含めた全長は西方の支配者よりも大きいかもしれないが、確実に上回っている要素は他に見当たらない。

少なくとも、今ロイが肌で感じる感覚から言えば、竜の実力は西方の支配者の足元にも及んではいなかった。

『……戯言もそこまでくればいっそ見事と言うべきか。そもそも、貴様はまるでアレを目にしたことがあるみたいな口ぶりではないか』

「まあ、実際その通りだよ」

『なに……？　それでは、アレが貴様を見逃したというのか？　……否、有り得ぬ。アレは相手が矮小な存在なら、なおのこと喜び、いたぶるはずだ』

「ああ……確かに、性格悪そうだったね」

セリアに対する嗜虐的な振る舞いは、ロイも目にしていた。

さすが下についていただけあって、よく理解しているな……と、感心するロイを見て、竜が訝しげな声を漏らす。

『……では、何故貴様は生きている？』

「何故も何も……一応アレを倒したのは僕ってことになるからね」

事実を告げると、竜はしばし沈黙した。

アレを倒した者――ロイに礼を言いたいのではなかったのか。

しかし、帰ってきたのは唐突な笑い声だった。

『く、くははは っ……！ 貴様がアレを倒しただと……!? そうか……ああ、そうか――いい加減不愉快だぞ、愚物。どこまで我を愚弄する気だ……！』

その瞳は、先ほどまでよりも強い怒りと殺意で燃えていた。

襲いかかってこないのが不思議なくらいである。

「……ま、アレの言いたいことは多少分かるがな。あいつからは不思議と何も感じ取れねえしよ。強者が纏う雰囲気や威圧感がまるでねえ」

グレンの呟きにフルールが同意を示す。

「ああ、確かにそうなんっすよね。一見するとロイさんは一般人と変わらないように見えるっす。というか、正直、感じられる強さで判断すれば今もそうなんすが……何なんすかね、実力が隔絶しすぎてるってことっすかね？」

「うーん。別に僕は何もしてないのに、どうしてかな？ まあ、多少力を抑えようとはしているけど……」

ロイが言っているのは、普段から無闇矢鱈に全力を出さないようにしているとか、そういう意味合いであって、彼は意識して力を隠そうとはしていない。

それを一般人に見えると言われても、どうしてそうなっているのかはロイの方が知りたいくらいであった。

「ま、別に信じてくれなくてもいいよ。お礼を言われたくてやったわけでもないし」

まるで態度を変えようとしないロイに、とうとう竜の我慢が限界に達した。

『――もういい。貴様が自らの矮小さも、我の偉大さも理解出来ない愚物だとよく分かった。ならば、見せてやるとしよう……我の偉大さと、強大さをな……！』

叫ぶのと同時に、竜が大きく翼を広げた。

元より巨大なその巨体がより大きく見え、フルール達は思わず唾を呑む。

『本当であれば我が手を下すまでもないと考えていたが……ここまで虚仮にされて黙っていては、新しき支配者の名折れ。目障りなモノ共が死した今、我こそが世界最強の存在なのだと、愚かな貴様でも理解出来るようその魂に刻み込んでくれるわ……！』

その言葉と共に、竜が大きく口を開いた。

なるほど竜というだけはあるとロイも納得するほどの魔力が、その口内に集まる。

最早どうすることも出来ないフルールとグレンは、苦笑しながら事態を見守るのみ。

「……うわぁ。アレってブレス撃とうとしてるっすよね？　竜にとって最大の攻撃手段と言われてる、アレっすよね？」

「間違いねえな。直撃すれば、ルーメンの防壁も軽く蒸発するだろうさ」

「ガチ切れじゃないっすか……まあ、あの様子を見れば明らかっすが」

「ま、別に俺達は気にする必要もねえ。確かにこのままだと間違いなく巻き込まれるが……焚き付けた張本人がここにいんだ。責任持って何とかするだろうよ」

「別に焚き付けたつもりはないいんですけど……結果的にそうなってしまったみたいですね」

ならば、ロイが責任を取るべきなのだろう。もっとも、最初から〝責任〟を取るつもりでここに来たので、今更一つ二つ増えたところで大差ない。

ロイが剣の柄を握り直した直後――

『我の手にかかって死ねることを、あの世で誇るがいいぞ、愚物共……！』

――竜の口内に蓄えられた莫大な魔力がロイ達へと向けて放たれた。

轟音と共に、眩い赤色のブレスがロイを、そしてその場にいたグレン達を呑み込んだ。

爆炎と土煙が舞う中、竜の哄笑だけが響く。

『くははは……！　見たか、これが竜の、我の一撃よ……！　これで分かったであろう、我がアレに劣っているなど、有り得ぬということが。まあ、悔(く)いる思考ごと消し飛んでしまっただろうがな……！』

その光景を前に、敵も味方も震え上がった。

否、そもそも敵も味方もない。

圧倒的な力が、それ自体を正義とするのだ。

気分一つで、人も魔物も区別なく嬲(なぶ)り殺(ころ)す。

竜は、それが許される存在だ。

……普通ならば。

「――んー、残念だけど、むしろよりはっきりしちゃったって感じかな？　うん……やっぱり、全然及んでないと思うよ？」

『――っ⁉』

聞こえてきた声に、竜は自らがブレスを放った先へと勢いよく顔を向けた。

馬鹿な、有り得ない――そんな驚愕に、竜の顔が歪む。

……しかし、その有り得ないことこそが現実だった。

土煙が晴れ、消し飛ばしたはずのロイ達の姿が現れる。

しかも、無傷で。

『っ、馬鹿な……貴様、何故生きている……!?』

「何故も何も……むしろどうして今ので死ぬと思ったの？」

平然とそう聞くロイに、フルールとグレンが呆れて口をあんぐり開ける。

「いや……今のは普通、死ぬと思うっす。あちし本気で死を覚悟したっすもん」

「……まあな。つーか、正直、今生きてんのが不思議なくらいだ。何をどうやって助かったのか、まるで分からなかったしな」

「……え？　単に斬っただけですよ？　まあ、思ったよりも来るのが遅くて、タイミングがずれちゃいましたけど」

ロイは当たり前のように言っているが、当然、普通に出来ることではない。

だが、彼がそんな人物だと身に染みているグレンとフルールは、驚きはしなかった。

精々〝またか……〟と思う程度だ。

しかし、ロイを知らない竜からすれば衝撃を覚えないわけがない。

『斬った、だと……!?　我のブレスを……!?　貴様、戯言も大概に……！』

「意外とやってみれば出来るものだよ？　一応、偶然じゃなくて、出来ると思ったからやったんだけど」

『っ……もうよい。どんな手を使ったのかは知らぬが……二度は出来まい……！』

「いや……だからさぁ」

まったく自分の主張を聞き入れようとしない竜の態度に、さすがのロイも呆れて溜息を吐いた。

再び竜の口内に魔力が集まりはじめる。

今一度ブレスを放ち、ロイ達に引導を渡すつもりらしい。

なるほど、魔力の量は先ほどよりも上かもしれない。だが、結局は同じことだ。

それは既にロイが一度見たものであり――

『さあ、小細工など我の前には無駄だと思い知り、今度こそ死ぬがよい……！』

「生憎……それは無理そうかな」

叫ぶと同時に、竜の口から赤色のブレスが吐き出され……しかし、それが直撃する寸前、ロイが無造作にも見える動きで腕を振るう。

すると、まるで最初から存在していなかったかのように、ブレスが消し飛んだ。

『なっ……なっ……⁉　馬鹿な……我の……世界最強たる我のブレスだぞ……⁉　人間如きにどうにか出来るはずが……⁉』

「いい加減、現実を受け入れれば？　人間も結構やる時はやるし……そもそも、君は世界最強なんかじゃないって」

『っ……黙れ黙れ……！　愚物が……我を一体何だと……！　我は竜王に至りし存在ぞ……！　貴様如きが……！』

「……ふぅ。負けを認めて去ってくれるなら、それはそれでありだと思っていたんだけど……これは無理そうだね」

「ま、そんなもんだろうよ。そもそも、話してどうにかなるってんなら、最初から襲ってなんてこねえだろうしな」

「そうっすね。あの様子を見ても分かる通り……問題外っすかねえ」

言葉が通じるからといって、理解しあえるとは限らない。

同じ人間同士だってそうなのだ。人間と竜とでは、考えるまでもなかったのかもしれない。

ロイは決して戦うことが好きなわけではなかったが、この期に及んでそこに拘泥するほど、愚かでもなかった。

アレを放っておけば、確実に誰かに害をなすだろう。

それを分かっておきながら放っておくロイではなかった。

「さて……夜も遅いことだし、もう終わりにしようか。皆そろそろ寝たいだろうし……正直、僕も眠気が襲ってきてるしね」

『っ……貴様、我を前にして眠いだと……⁉　我を愚弄したその罪、その身で贖うがよい……！』

激昂した竜が叫ぶ。

だが、既にその時点で結末は決まっていた。

既にロイが、剣を構えていたからだ。

次の瞬間、竜の身体は縦に両断されていた。

『…………は？　馬鹿、な……我は、何を……貴様、何を……⁉』

「うわぁ……間近で見てたってのに、何したのか全然分からないっす」

「……本当にでたらめだな、テメエは」

「僕としては、普通に斬っただけのつもりなんですけどね」

『馬鹿な……馬鹿な馬鹿な……⁉　我が……この我が、こんなところで……⁉　こんな……こんな……⁉』

こんな敗北は認められない、認めたくないと、竜は叫ぶ。

しかし、決して変わらぬ現実を理解した瞬間、竜は心底から絶望を覚え……それが、最期であった。

浮力を失った身体が地面に落下し、轟音が響く。

「あ……魔物達が逃げていくっす」

今回の騒動の終了を告げる音を聞き、魔物の大群は一斉に冒険者達に背を向けて、魔の大森林へと駆けだした。

「そりゃ、自分よりもはるかに強いと思って従っていたやつが、あっさり殺されたんだ。さすがの魔物共も逃げるだろうよ……で、どうすんだ？　見逃すのか？」

グレンに問われ、ロイは首を横に振る。

「見逃す、というのとは少し違う気もしますけど……まあ、少なくとも追ってどうこうするつもりはありませんね。無益な殺生はしない……なんて言いませんが、積極的にやりたいわけじゃありませんから」

「そうか……ま、好きにすりゃいいだろ。テメエには、その権利があるんだ」

「いやいや、ないですよ、そんなのは。だって僕は……」

たとえかつて勇者などと呼ばれたのだとしても、それを自覚したのだとしても……結局のところ、何が変わったわけでもない。

無事に〝責任〟は果たし終えた。

ならば今のロイは――

「ただの、Ｆランクの冒険者ですからね」

冒険者達が上げる歓声を聞きながら、ロイは呆れたような目を向けてくるグレンとフルールに肩をすくめて応えたのだった。

エピローグ

いつも通りの街のざわめきを感じながら、セリアは込み上げる欠伸(あくび)を噛み殺した。

頭上から照り付ける心地よい日の光が眠気を刺激して、寝不足の身には少々こたえる。

もっとも、寝不足は自業自得でしかなかったけれど。

セリアが攫われ、大量の魔物が街の外に押し寄せたあの日から、十日が経った。

一度滅亡(めつぼう)の危機に瀕(ひん)したというのに、大通りはいつもと変わらぬ賑わいを見せている。

むしろ、以前より増して活気があるようにも思えるから不思議だ。

辺境の街に住む人々は実に逞(たくま)しく、強(したた)かだ。

そんなことを考えているうちに、セリアは目的地に辿り着いていた。

扉を押し開けると、途端(とたん)に喧騒が押し寄せてくる。

正直、セリアは街のざわめきとは少し異なるここの雰囲気があまり得意ではなかったものの、最近では少しだけ慣れてきた。

──冒険者ギルド、ルーメン支部。

ある意味、この街の中心とも言うべき場所である。

もちろん、彼女はここに遊びに来たわけではなく、ちゃんとした理由があって訪れた。

慣れてきたといっても、まだまだなようで、目的の人物が見つからずにキョロキョロしていると、向こうから話しかけられてしまう。

「やあ、セリアちゃん、相変わらず早いね。約束の時間までまだあるんだし、別にもう少し遅く来ても構わないんだよ？」

声をかけてきたのは、最近セリアが世話になっているギルドの受付職員──サティアだ。

何か事情があって辞めた前任の職員の代わりに、新しく別の街から引っ張ってこられたのだと、初対面の時に説明された。

「サティアさん……おはようございます。いえ、こちらは教えを請う立場ですから。約束の時間よりも早く来るのは当然です」

律儀に頭を下げるセリアを見て、サティアが微笑む。

「真面目だねえ……こんなところで働いていると、眩しく見えるよ」

「そうですか……？　こうして見てもたくさんの方がわたしよりも先に来ていらっしゃるようですから、むしろ皆さん、わたしよりも真面目な気がするのですが？」

セリアはギルドの酒場にたむろする冒険者達を見回しながら、サティアに尋ねた。

「彼らは、どちらかと言えば好き勝手やりたいから早くに来てるってだけだからね。キミとは雲泥(うんでい)の差さ」

「そんなものでしょうか……？」

セリアの何倍もこの場所や冒険者のことに詳しいサティアが言うのならば、きっとそれが正しいのだろう。

ともあれ、セリアは改めてサティアに頭を下げる。

「今日もお世話になります。よろしくお願いします」

「それはこっちの台詞だよ。確かに、キミに色々と教えはしているけど、どちらかと言えば、こっちの利の方が大きいだろうし」

「いえ……そうだとしても、わたしが知りたくて教えていただいているので。自分に一体何が出来るのか――父が一体、何をしていたのか」

セリアがギルドに来たのは、端的に言ってしまえば自分や父のことを教えてもらうためであった。

先日、セリアは父がこの街の創設者にして、ルーメンの街を魔物から守る結界を張った人物であることを知った。

その結界は、セリアがその気になれば容易に解除してしまえるという。

無論、セリアはそれを望まないが、何も知らないままでは何かの拍子にうっかり解除してしまうかもしれない。

そうならないように、彼女は冒険者ギルドから知識を得ることを選んだ。

それに、父が何をしていたのか興味もあった。

あの後彼女は、改めて母に聞いてみたのだが、母も父が創設者の一人だったとは知らなかったらしい。

どうやら、下手に知らせると家族に危険が及ぶかもしれないと、父は黙っていたようだ。

そういった事情もあって、当時からこの街を管理していた冒険者ギルドから聞くしかないのである。

その結果、セリア自身でも色々と調べるようにもなって、最近では毎日寝不足気味だ。

もちろん、ギルドもただ親切心で話してくれているわけではなく、セリアが自分のことを知れば十分な利があるらしい。

彼女が知識を得れば、街の結界をさらに強化出来るようになるかもしれないのだとか。

これからのことを考えれば、それは必須だという話であった。

――これから。

その言葉は、ルーメンでは久しく聞かない言葉であった。

この街は本来、開拓の拠点であった。

しかしながら、ここ十年以上の間まったく開拓は進んでいない。色々な事情があっての ことだが……本来の役目を果たせていなかったのは事実だ。

誰もがそれを自覚しながらも受け入れて――あるいは、諦めていた。

この街は大いに賑わっていたものの、本当のところは行き詰まってもいたのだ。

だがそれが、十日ほど前から少しずつ変わりはじめた。

それはこの街が無数の魔物に襲われ、乗り越えた日でもある。

その時に何があったのか、セリアは具体的には知らない。

ただ、サティア曰く、その日から冒険者達は変わったらしい。

自分勝手であることに変わりはないが……彼らの〝勝手さ〟は、前に進むために使われるようになったと。

多分、変わりたいと思わせるほどに眩しいものを目にしたのだろうと、サティアは言っていた。

それが何だったのかは、聞くまでもない。

変わったというならばセリアもおそらくそうであり、きっとその原因は同じものであるのだろうから。

――と、ギルドの中に、不意に大きな声が響いた。

「――あちしの言うこと聞いてたっすか⁉」

反射的に視線を向ければ、何やら言い争いをする男女の後ろ姿が見えた。

黒髪の少年が、不思議そうに首を傾げた。

「もちろん聞いてたよ？　ランクに相応の魔物を狩ってくるようにってことだったよね？　だからこれを狩ってきたんだけど？」

少年が指差したネズミに似た何かを見て、女性が頭を抱える。

「――そうっすね、まあこの周辺じゃ実際にはFランク相応の魔物とかいないっすから、実質最弱の魔物をって意味だったんすが……それで、何でAランクの魔物を狩ってきてるんすか……⁉」

「え、これAランクだったの？　小さいし弱かったから、てっきりCランクくらいかと思ってたんだけど……」

「確かに手のひら大程度で小っちゃいっすよ？　でも、異常にすばしっこくて、普通はAランクの冒険者数人がかりじゃないと姿を捉えることすら出来ないはずなんす……！」

「そんなことを言われても、簡単に捕らえられちゃったしね……あの程度なら普通じゃない？」

「普通じゃないからAランクに分類されてるんすよ……！」

「うーん、そっか……常識って難しいんだね」

「あちしも、常識を教えるのがこんなに難しいなんて、知らなかったし、知りたくもなかったっすよ……！」

二人のやり取りはあちこちから注目を集めているらしく、周囲の冒険者達がちらちらと視線を向けている。

その騒ぎの中心人物の片割れである少年は、セリアの知っている人物だった。

セリアが彼に気を取られているのに気付いて、サティアが笑う

「彼は相変わらずみたいだね……ま、こっちとしてはそのおかげでけっこう助かっているんだけど」

「そうですね……ですが、それでこそ彼らしい気がします」

そんな言葉をサティアと交わしながら、セリアは黒髪の少年――ロイを見つめる。

相変わらず緊張感の欠片もなく、冒険者ギルドという場所においては不自然なほどに毒気がない。だが、そんなロイも変わろうとしているということを、セリアは知っていた。

今周囲の注目を浴びながら問答を続けているのも、その一環だろう。

自分が何者であるか自覚したロイは、まず常識を知ろうとしたらしい。

自分の感覚や認識がどれほど周りとずれているのか理解したからで、そのためギルドを頼ったのだ。

その結果、今この街にいるただ一人のＡランク冒険者が、常識を教えることになったという。

普通であれば、Ａランクの冒険者が手取り足取り新人を教育するなど考えられないが、あのロイが相手だと、むしろそれくらいでなければ務まるまい。

……しかし見ての通り、大分苦戦しているようである。

そういう、手間がかかるところも含めて〝ロイらしい〟と、セリアは思った。

この街は変わりはじめている。

それでも、ロイがセリア達の宿に未だ泊まっているように、変わっていないものもある。

そして、変わろうとしても変われないものもある。

その中には、どうやらロイも含まれそうであるが……

しかしそれは、もしかしたら、彼が〝中心〟だからではないかと、セリアは密かに考えていた。

彼が中心になって周囲を振り回すから、周囲は変わらざるを得なくなる。

でも、彼はいつも中心にいるから、どうやっても変わりようがない。

そういうことなのかもしれない。

そうなると、自分と彼の関係は、果たしてどうなるのだろうか……と、セリアはそんなことを考えながら、賑やかな冒険者ギルドの中心に立つロイの姿を見て、眩しそうに目を細めたのだった。

あとがき

この度は文庫版『最強Fランク冒険者の気ままな辺境生活？２』をお読みいただき、誠にありがとうございます。作者の紅月シンです。

さて、本作は元々アルファポリスのＷｅｂサイトで第一章として掲載していた作品の後半部分となります。実のところ、そんな第二巻に関しては割と反省点が多く残りました。

というのは、後半部分とは言いつつも一巻分として出すには文字数が不足していたため、加筆の必要が生じたのです。しかし、さらにここで大きな問題が発生してしまいました。

つまり、書き過ぎてしまったんですよね……。加筆が決まった段階で一応プロットは作っており、その時点では三つの話を書くことになっていました。ところが、実際に書き進めてみると、一つ目の話が終わった段階で今度は逆に、二つ目の話を収められるだけの紙数が足らなくなるという……。我ながらなんとも無計画な話でして。

まあ、この辺は主にＷｅｂサイト上で作品を連載していることの弊害（へいがい）なのかな、と開き直ってみたり。Ｗｅｂ連載だと、あまり文字の配分を計算する習慣がなく、どうしても物語が長くなってしまいがちなんですよね。多分、これは私だけではないかと――。

Ｗｅｂは Ｗｅｂで制約が少ないので、自分の思うがままに書けるため、そこは利点かとは思います。加筆した部分に関しても、その癖というか、Ｗｅｂ連載で培った自由なインスピレーションで書けたので満足しています。とはいえ、三つ予定していた話のうちの一つしか載せられなかった事実に変わりはありません。そこは大いに反省しています。

もっと少ない文字数で、さらに濃密な作品が書ければいいのになあ、と。

いつかこの反省を活かせるよう今後も精進していきたいと思いつつ、今の自分の精一杯を詰め込んだこの作品を、少しでも皆様には楽しんでいただけたら幸いです。

なお、前巻から引き続きの宣伝となりますが、アルファポリスのＷｅｂサイトでは現在、コミカライズ版が公開中です。観月藍様がご提案くださったアイデア等により、小説版ともまた一味違う描き方をされていますので、小説版を既にお読みの方も楽しく読めるかと思います。是非とも、あわせてご覧ください。

最後になりますが、本作を手に取っていただいた読者の皆様、また出版にあたりご協力くださった関係者の方々に、深く御礼を申し上げます。

二〇二一年九月　紅月シン